10|18
12, avenue d'Italie — Paris XIIIe

Du même auteur
dans la collection 10/18

PADDY CLARKE HA HA HA, n° 2784
THE SNAPPER, n° 2881
THE VAN, n° 2882

THE COMMITMENTS

La Trilogie de Barrytown

PAR

RODDY DOYLE

Traduit de l'anglais
par Isabelle D.-PHILIPPE

10|18

« Domaine étranger »
dirigé par Jean-Claude Zylberstein

ÉDITIONS ROBERT LAFFONT

Si vous désirez être régulièrement tenu au courant
de nos publications, écrivez-nous :

Éditions 10/18
c/o 01 Consultants
35, rue du Sergent Bauchat
75012 Paris

Titre original :
The Commitments

ISBN 2-264-02655-3

Ce livre est dédié
à ma mère et à mon père

Honorez vos parents, mes frères et mes sœurs.
Eux aussi étaient à la page dans le temps,
vous savez. Les parents sont *soul.*

Joey Les Lèvres Fagan

... Sometimes I feel so nice...
Good god...
I jump back...
I wanna kiss myself... !
I got...
Sou... ou... oul...
An' I'm superbad... [1].

James Brown, *Superbad*

1. « ... Parfois je me sens si bien.../Bon Dieu.../J'en tombe sur le cul.../Je m'embrasserais... !/J'ai la soul en moi.../Et j'ai une pêche d'enfer... »

– On va demander à Jimmy, dit Outspan. Jimmy doit savoir.

Jimmy Rabbitte connaissait la musique. Pas de doute, il la connaissait. On ne voyait jamais Jimmy rentrer d'une virée en ville sans un nouvel album, un maxi ou, au moins, un 45 tours. Jimmy dévorait le *Melody Maker* et le *New Musical Express* toutes les semaines, et *Hot Press* tous les quinze jours. Il écoutait Dave Fanning et John Peel. Il lisait même le *Jackie* de ses sœurs quand personne ne le regardait. Question musique, Jimmy était imbattable.

La dernière fois qu'Outspan avait fouillé dans les disques de Jimmy, il avait relevé les noms de Microdisney, d'Eddie and the Hot Rods, d'Otis Redding, des Screaming Blue Messiahs, de Scraping Foetus off the Wheel. (« Un fœtus, avait dit Outspan, c'est le petit bonhomme à l'intérieur de la meuf, non ? – Ouais, avait répondu Jimmy. – Ah ! Mais c'est carrément dégueulasse, ça ! ») Des groupes dont Outspan n'avait jamais entendu parler, auxquels il n'avait jamais fait attention. Jimmy possédait même des albums de Frank Sinatra et des Monkees.

Pendant que Ray était aux chiottes, Outspan et Derek décidèrent que leur groupe avait besoin d'un nouveau manager. Ils pensèrent à Jimmy. Jimmy, c'était quelqu'un. Jimmy savait ce qui était branché, ce qui était branché mais ne passerait pas la rampe, et ce qui allait être branché. Jimmy avait *Relax* avant que quiconque eût entendu parler de Frankie Goes to Hollywood, et il avait commencé à les descendre en flammes des mois avant que quiconque s'aperçût qu'ils étaient mauvais. Jimmy connaissait la musique.

And And And, le groupe d'Outspan, de Derek et de Ray, avait trois jours d'existence : Ray sur le Casio et le glockenspiel de sa petite sœur, Outspan sur la guitare acoustique de son frère, Derek sur rien encore, mais dès qu'il aurait économisé assez pour s'offrir une basse, on verrait ce qu'on verrait.

– On va en parler à Ray ? demanda Derek.

– De Jimmy ? répliqua Outspan.

– Ouais.

– Vaut mieux pas. Pas encore, en tout cas...

Outspan cherchait à glisser son pouce sous un autocollant – Cette Guitare Tue les Fascistes – que son frère, un hippie à la con, avait collé sur l'instrument.

– La chasse d'eau... Le voilà... On verra Jimmy après.

Ils étaient dans la chambre de Derek.

Ray réapparut.

– J'étais en train de penser, fit-il. Je me demande si on ne devrait pas mettre un point d'exclamation, tu vois, après le second And.

– Quoi ?

– Ça donnerait And And point d'exclamation – d'acc ? – And... And And ! And. Ça cracherait sur les affiches.

Outspan resta muet. Il essayait d'imaginer l'effet que ça ferait.

– C'est quoi, un point d'exclamation ? demanda Derek.

– Tu sais bien, dit Ray.

Il en dessina un gros dans les airs.

– Ah, ouais ! Et où tu veux le mettre, déjà ?

– And And – il en dessina un autre – And.

– Mais on n'est pas censé le mettre à la fin ?

– Qu'il se le foute au cul, murmura Outspan, arrachant des petits bouts de l'autocollant.

Jimmy était déjà là quand Outspan et Derek arrivèrent au pub.

– Comment ça va ? dit Jimmy.

– Ça va, Jim ? dit Outspan.

– Ça va ? dit Derek.

Ils prirent des tabourets et formèrent un petit demi-cercle au bar.

– Vous avez tiré votre coup depuis la dernière fois qu'on s'est vus ? leur demanda Jimmy.

– Impossible, répondit Outspan. On était trop occupés pour ce genre de truc. Pas vrai ?

– Ouais, c'est vrai, acquiesça Derek.

– À mettre la dernière main à votre album ?

– Non, à mettre la dernière main à notre nom, dit Outspan.

– Et alors qu'est-ce ça donne ?

– And And point d'exclamation – d'acc ? – And, répondit Derek.

Jimmy ricana.

– Merde, merde, point d'exclamation, merde alors ! Je parie que je sais qui a trouvé ça...

– Il y aura une petite tête sur le point, expliqua Outspan.

– Et tu sais la barre au-dessus ? Ce sera la frange du point.

– Noir et blanc ou couleur ?

– Je sais pas.

– Ça a déjà été fait – Jimmy était ravi de leur balancer ça. Par les groupes de ska. Madness, les Specials... Des petits bonshommes en noir et blanc... Je vous dis, ce mec y connaît rien.

– Ouais, approuva Outspan.

– Mais c'est lui qui a le synthé, objecta Derek.

– Parce qu'il appelle cette casserole un synthé ? s'exclama Jimmy.

– De toute façon, c'est dépassé. Maintenant, on retourne aux sources.

– C'est aussi bien, déclara Outspan. Parce qu'on en a ras le bol de tout le reste.

– Et sur quel morceau vous travaillez ? demanda Jimmy.

– « Masters and Servants ».

– Depeche Mode ?

– Ouais.

Outspan avait la honte. Il ne savait pas pourquoi. La chanson ne le dérangeait pas. Mais Jimmy lui avait tiré la gueule.

– Il est bon, ce morceau, dit Derek. Les paroles sont bonnes, tu sais... vraiment.

– De la merde de conservatoire, ouais, dit Jimmy.

Ça, c'était l'argument qui tuait, Outspan le savait, même s'il ne comprenait pas ce que ça voulait dire.

Derek le savait, lui.

– Attends, Jimmy ! C'est injuste ce que tu dis. Les Beatles sont allés au conservatoire !

– C'est pas pareil !

– Mon cul, ouais. Même ceux de Roxy Music y sont allés et t'as tous leurs albums, alors va te faire foutre !

Jimmy luttait pour ne pas piquer un fard.

– Je voulais pas dire ça. Merde, c'est pas le fait

d'être allés au conservatoire que je leur reproche. Ça... – il se creusait – ça a davantage à voir avec – maintenant il tenait un fil – avec la manière dont leur musique, leurs chansons, si tu veux, s'adressent à des nuls comme eux. Des branleurs avec des coupes de cheveux branchées. Et des papas riches... Et qui n'ont rien d'autre à foutre toute la journée qu'à frimer avec leurs synthés.

– T'y vas un peu fort, déclara Outspan. Mais t'as pas complètement tort.

– Qu'est-ce vous faites d'autre ?

– Ben, en fait, rien encore, répondit Derek. Ray voudrait qu'on reprenne « Louise ». C'est facile.

– Human League ?

– Ouais.

Jimmy haussa les sourcils et poussa un sifflement. Ils étaient d'accord avec lui.

Jimmy reprit la parole :

– Pour quelle raison exactement... vous voulez faire partie d'un groupe ?

– Qu'est-ce tu veux dire ? demanda Outspan.

Mais il approuvait la question de Jimmy. C'était mettre le doigt sur ce qui l'emmerdait, et Derek aussi, sans doute.

– Pourquoi vous faites tout ça, acheter du matos, répéter ? Pourquoi vous avez formé un groupe ?

– Eh ben...

– Pour le fric ?

– Non, répliqua Outspan. Je veux dire, ce serait sympa. Mais c'est pas pour le fric.

– Moi non plus, renchérit Derek.

– Pour les gonzesses ?

– Bon Dieu, Jimmy !

– Les meufs, tu vois ce que je veux dire. La baise. C'est pour ça ?

– Non, répéta Derek.

– Mais un petit coup de temps en temps, on cracherait pas dessus, pas vrai ? dit Outspan.

– Ah, ouais, dit Derek. Mais ce que demande Jimmy, c'est si c'est pour ça qu'on a monté le groupe. Pour se trouver une fente...

– Jamais de la vie.

– Alors pourquoi ? insista Jimmy.

Il avait une réponse toute prête pour eux.

– C'est difficile à dire, se défendit Outspan.

C'est ce que Jimmy voulait entendre. Il se jeta à l'eau.

– Vous voulez être différents, c'est ça ? Vous voulez faire quelque chose par vous-mêmes, non ?

– T'as pas tort, acquiesça Outspan.

– Vous voulez pas finir comme – il inclina la tête en arrière – ces blaireaux. J'ai pas raison ?

Jimmy s'enflammait. Outspan et Derek s'éclataient à le regarder.

– Toi, tu rêves de monter là-haut et de crier Je suis Outspan Foster, merde !

Il regarda Derek.

– Et moi, je suis Derek Scully, merde, et je ne suis pas un blaireau. C'est pas vrai ? C'est pour ça que tu fais ça. Je me trompe ?

– Non, t'as pas tort, concéda Outspan.

– Et comment que j'ai pas tort !

– Avec le petit coup en prime, ajouta Derek.

Ils se marrèrent.

Puis Jimmy revint à ses moutons.

– Alors, dans ce cas, qu'est-ce vous foutez à donner des versions dégueulasses des chansons nazes des autres ?

Et voilà. Il avait tapé dans le mille. Ils étaient très impressionnés. Jimmy aussi.

– Qu'est-ce qu'on devrait faire alors ? demanda Outspan.

– La merde, c'est pas tant les chansons des autres groupes, dit Jimmy. C'est celles que vous faites.

– Et ça veut dire quoi, ça ?

– Vous ne choisissez pas les morceaux parce qu'ils vous plaisent, mais parce que ce con de Ray peut les jouer avec deux doigts.

– Et alors ? demanda Derek.

Jimmy l'ignora.

– Tous ces trucs à la noix sur l'amour, la campagne et les rendez-vous avec les meufs dans les supermarchés ou au McDonald, c'est fini, à la masse. C'est malhonnête, déclara Jimmy. C'est bourgeois...

– Merde !

– C'est des trucs ringards, Dieu merci !

– Qu'est-ce qui marche alors ? lui demanda Outspan.

– Je vais te le dire. Le sexe et la politique.

– Quoi ?

– Le vrai sexe. Pas le genre sentimental « Je te tiendrai la main jusqu'à la fin des temps »... Baiser, foutre... Tu vois ce que je veux dire ?

– Je crois.

– Mais on ne peut pas dire « foutre » dans une chanson, objecta Derek.

– Et où tu la places, ta foutue politique ? demanda Outspan.

– Ça ne passera jamais, ça.

– La vraie politique, insista Jimmy.

– Pas en Irlande, en tout cas..., intervint Derek. Peut-être en Angleterre. Mais on ne passera jamais au Top de la Pop.

– Mais, merde, qui te parle du Top de la Pop ? s'écria Jimmy.

Jimmy voyait rouge chaque fois qu'il était question du Top de la Pop, même s'il ne ratait jamais une émission.

– J'ai jamais non plus entendu personne dire ça à la télé, dit Derek.

– Moi si, rétorqua Outspan. Ton gars de – comment ils s'appellent ? – l'a dit la fois où il a reçu un coup de micro sur le crâne.

Du coup, Derek se sentit mieux.

Jimmy poursuivit. Il revint au sexe.

– Croyez-moi, se tenir par la main, c'est ringard. Regarder la lune, ce genre de merde... Maintenant, ce qu'il faut, c'est du réel.

Il regarda Derek.

– Même en Irlande... Écoute, Frankies goes to mon cul, c'était de la merde, non ?

Ils hochèrent la tête.

– Mais bon Dieu ! au moins, ils appelaient une pipe une pipe, et regardez toutes les unités qu'ils ont vendues !

– Les quoi ?

– Disques.

Ils trinquèrent.

Puis Jimmy reprit la parole :

– Le rock'n'roll tourne autour de la baise. C'est ça, le rock. Vous le saviez ? (Ils ne le savaient pas.)... Ouais, voilà comment les Noirs américains appelaient ça. Le temps est venu de remettre de la baise dans le rock. Langues, biroutes, chattes, tout le radada... Le marché est énorme.

– Et ta politique, alors ?

– Ouais, la politique... Pas de chansons sur ce foutu Fianna Fail [1] ou un truc comme ça. La politique réelle. (Ils ne le suivaient pas.)... Vous êtes d'où ? (Il répondit lui-même à la question.)... De Dublin.

---

1. En gaélique, « Guerriers de la destinée », nom d'un parti politique irlandais, dont le Premier ministre de la république d'Irlande est presque toujours membre *(NdT)*.

(Il en posa une autre.) De quel coin ? Barrytown. Classe sociale ? Ouvrière. Vous en êtes fiers ? Ouais, vous en êtes fiers. (Enfin, une question positive.) Qui achète le plus de disques ? La classe ouvrière. Vous me suivez ? (Pas vraiment.)... Votre musique doit parler de vos origines, et du peuple dont vous êtes issus. Dites-le une fois et dites-le fort : je suis noir et j'en suis fier.

Ils le dévisagèrent...

– James Brown. Vous saviez que... peu importe. Il chantait ça... Et il a fait un tabac.

La suite les frappa de stupeur.

– Les mecs, les Irlandais sont les nègres de l'Europe.

Ils manquèrent en perdre le souffle : ça, c'était vraiment vrai.

– Et les Dublinois sont les nègres de l'Irlande. Ce sont ces cons de ploucs qui ont tout. Les habitants du nord de Dublin sont les nègres de Dublin... Répétez-le à voix haute : Je suis noir et j'en suis fier.

Il grimaça un sourire. Même lui était de nouveau impressionné.

Il les avait subjugués. Ils étaient babas.

– Vous ne voulez pas vous appeler And And point d'exclamation And, pas vrai ? demanda Jimmy.

– Pas question ! s'exclama Outspan.

– Tu veux bien être notre manager, Jimmy ? fit Derek.

– Ouais. Je veux bien.

Ils échangèrent tous des sourires.

– À partir de maintenant ? leur demanda Jimmy.

– Ouais.

– D'accord, alors, reprit Jimmy. Ray ne fait plus partie du groupe.

Ça, c'était une surprise.

– Pourquoi ?

– Eh ben, primo, on n'a pas besoin de synthé. Et, secundo, je ne peux pas blairer ce con !

Ils éclatèrent de rire.

– J'ai jamais pu le sentir. Je le hais carrément, pour être sincère avec vous.

– Moi non plus je peux pas l'encaisser, renchérit Outspan.

– Donc, on le vire. D'accord ?

Il était viré.

– Quel genre de truc on va faire ? s'enquit Derek.

– Quel genre de musique parle de sexe et de politique ? rétorqua Jimmy.

– Le reggae, répondit Derek.

– Non, pas ça.

– Le reggae parle bien de sexe et de politique !

– Ouais, mais on s'en tape. On le laisse aux skins et aux drogués.

– Quoi, alors ?

– La *soul*.

– La soul ?

– La soul. La soul de Dublin.

Outspan se gondola. La soul de Dublin. L'effet était génial !

– Autre chose, continua Jimmy. Vous n'êtes plus les And And And.

Pas de quoi flipper. Au contraire.

– Alors qu'est-ce qu'on est, Jimmy ?

– Les Commitments [1].

Outspan hurla de rire.

– C'est un nom d'enfer, observa Derek.

– Avec « Les », on cogne fort, conclut Jimmy.

– La soul de Dublin, répéta Outspan.

---

1. « Les Engagements » *(NdT)*.

Il en riait encore.

– Putain, c'est géant !

Le lendemain de la formation des Commitments, Jimmy fit passer une petite annonce dans *Hot Press*.

« Tu aimes la soul ? Oui ? Alors le Groupe le plus Bosseur au Monde [1] t'attend. Contacter J. Rabbitte au 118, Chestnut Ave., Dublin 21. Ploucs et banlieue sud s'abstenir. »

Il y avait un jeune qui travaillait dans la même boutique que Jimmy, Declan Cuffe. Jimmy ne le connaissait pas des masses, mais il semblait réglo. Jimmy l'avait entendu chanter à la fête de Noël dernier. Il venait de sortir pour gerber, mais il se la rappelait encore, la voix de Declan Cuffe : un grondement très grave, qui écorchait la gorge et la langue pour sortir. Jimmy aurait adoré avoir une voix pareille.

Peut-être qu'il pourrait recruter Declan Cuffe. Il prit son plateau et se dirigea vers l'endroit où il s'était assis.

– Excuse-moi, hé... Declan ! Y a quelqu'un à côté de toi ?

Declan Cuffe se pencha par-dessus la table pour inspecter la chaise. Puis il répondit :

– On dirait que non.

En temps normal, Jimmy lui aurait balancé son plateau à la gueule (ou, du moins, il y aurait sérieusement pensé), mais les affaires étaient les affaires.

Il s'assit.

---

1. C'est ainsi que James Brown qualifiait son groupe The Famous Flames *(NdT)*.

– Elle est comment, la soupe ? demanda-t-il.
– À chier.
– Comme d'habitude, non ?
Pas de réponse. Jimmy tenta une autre approche.
– Et le curry ?
– À chier.
Jimmy changea de tactique.
– Dis donc, t'as eu mention TB en anglais au bahut, non ?
Declan Cuffe dévisagea Jimmy en déplaçant sa cigarette vers le coin de sa bouche.
– Tu me cherches ?
Les femmes de l'accueil à la table d'à côté se mirent à parler plus fort.
– Ah, arrête, dit Jimmy. Je déconnais, c'est tout !
Il repoussa son bol de soupe de côté et tira son assiette vers lui.
– T'avais raison pour la soupe.
Il chipota son curry de poulet.
– Dis donc, à propos, t'es dans un groupe, ces temps-ci ?
– Dans quoi ?
– Un groupe.
– Pour quoi faire ?
– Chanteur.
– Moi ! Chanteur ? Arrête ton char !
– Je t'ai entendu chanter, reprit Jimmy. Putain, t'étais génial.
– Tu m'as entendu chanter ? Quand ça ?
– À Noël.
– Moi, j'ai chanté ? au dîner dansant ?
– Ouais.
– Merde ! Personne m'a rien dit.
– T'étais super. La classe...
– J'étais complètement cassé, dit Declan Cuffe. Rhum-bière brune, tu vois...

Jimmy hocha la tête.

– Moi aussi j'étais bourré.

– J'ai dû en siffler une vingtaine, je crois. Frances, des Toys, tu la connais ? Elle me collait... Putain, la meuf ! Merde, elle est mariée... Alors, j'ai chanté ?

– Ouais. C'était géant.

– J'étais complètement cuit.

– Est-ce que tu veux être dans un groupe ?

– Comme chanteur ?

– Ouais.

– Sérieux ?

– Ouais.

– D'accord... Vraiment sérieux ?

– Ouais.

– D'accord.

Le lendemain soir, après le travail, Jimmy amena chez lui Declan Cuffe. Entre-temps, il s'était rebaptisé Deco. Jimmy lui prépara une méga-platée de saucisses, avec cinq tranches de pain et deux tasses de thé. Deco tomba amoureux de Sharon, la sœur de Jimmy, quand elle rentra du travail.

– Quel âge elle a, Sharon ? demanda-t-il à Jimmy.

Ils étaient à l'étage, dans la chambre de Jimmy. Les lits étaient superposés. Deco était étendu sur celui du bas.

– Tu perds ton temps.

– Mais quel âge elle a ?

– Vingt, répondit Jimmy. Tu perds ton temps, je te dis.

– Je me demande si ça lui plairait de sortir avec une pop star...

La porte s'ouvrit. C'était le reste du groupe, Outspan et Derek. Quand ils entrèrent, ils sourirent en voyant Deco sur le lit. Jimmy leur avait parlé de lui.

– Voilà Deco, lança Jimmy.

– Ça va ? dit Outspan.

– Ça va ! répondit Deco.

– Enchanté, Deco, dit Derek.

– Ouais, enchanté, dit Deco.

Deco se redressa. Outspan et Derek s'assirent à côté de lui, sur le lit.

– Ray a pas trop les boules ? demanda Jimmy.

– Pas trop, répondit Derek.

– Le con !

– La euh !... situation de And And And lui plaisait pas tellement. En tout cas, c'est ce qu'il a dit.

– Ouais. Mon cul ! s'exclama Jimmy.

– Il continue en solo.

– Il a pas vraiment le choix.

Ils se marrèrent. Deco aussi.

– Bon, les mecs, reprit Jimmy. Au boulot.

Il sortit son carnet.

– On a la guitare, la basse, les voix, d'accord ? Il nous faut une batterie, un sax, une trompette, un clavier. J'ai fait passer une annonce dans *Hot Press.* Vous me devez quarante-quatre pence chacun.

– Première nouvelle !

– J'accepte la carte American Express... Bon. Vous vous souvenez de Jimmy Clifford ?

– Ce taré !

– C'est lui, acquiesça Jimmy. Est-ce que vous...

– Il s'appelait JAMES Clifford.

– Quoi ?

– James. Pas Jimmy. Comment t'appelles-tu ? James Clifford, m'sieur.

– D'accord, reprit Jimmy... James Clifford. Il...

– Ce connard nous a mouchardés, tu te rappelles ? intervint Derek... Quand j'ai fourré ma tête chercheuse dans la fente de Tracie Quirk... Ils ont convoqué mon père. Ma mère...

– Derek...

– Quoi ?

– Ta gueule... En tout cas, poursuivit Jimmy, sa mère lui faisait prendre des leçons de piano, tu te rappelles ? Il s'y emmerdait à crever. Je l'ai croisé hier dans le DART [1]...

– Pas question, Jimmy, l'interrompit Outspan.

– Non, attends, écoute-moi. Il m'a dit qu'il s'était fait sacquer de la chorale de la paroisse... Tu sais pourquoi ? Il avait joué cette merde, « La Danse des canards », à l'orgue. Dans l'église, putain !

– Sans blague ! L'enfoiré !

Éclats de rire. Ça ne ressemblait pas au James Clifford qu'ils avaient connu et détesté.

– Juste avant la messe, continua Jimmy... Il y avait des petites vieilles et des petits vieux qui remontaient l'allée centrale, vous voyez le genre. Et il se met à jouer cette foutue « Danse des canards »...

– Il m'a l'air au poil, déclara Deco.

Personne ne le contredit.

– Demain, je passerai à son troquet pour lui poser la question, hein ?

Outspan et Derek échangèrent un regard.

– D'accord, lâcha Outspan.

– Pourvu qu'il ne se remette pas à moucharder... dès qu'on se trouve une fente, ajouta Derek.

– Sûr qu'il se trouvera aussi la sienne, rétorqua Outspan.

– Ah, ouais ! dit Derek. T'as pas tort.

– Il porte toujours le pull avec des moutons ?

1. Dublin Area Rapid Transit, équivalent dublinois du RER *(NdT)*.

– C'étaient pas des moutons, protesta Derek. C'étaient des cerfs.

– C'étaient des moutons, je te dis, insista Outspan.

– Non. Je suis bien placé pour le savoir. J'ai dessiné une moustache à un.

– Il travaille ? demanda Outspan.

– Il est étudiant, répondit Jimmy.

– Ah, merde !

– Super, au contraire, déclara Jimmy... Il aura tout le temps pour répéter... Attends.

Jimmy posa un disque sur la platine. Il avait monté dans sa chambre la platine et les enceintes du salon. Il se retourna vers eux.

– Vous connaissez James Brown, hein ? demanda-t-il.

– Il était aussi dans notre classe ? ironisa Outspan.

Ricanements.

– Le chanteur, reprit Jimmy... Blackie. Il cartonne... Vous avez vu *Les Blues Brothers* ?

Outspan et Derek l'avaient vu. Deco non.

– J'ai vu les Furey Brothers, dit Deco.

– Écrase, dit Jimmy... Vous vous souvenez de la grosse chanteuse du bar ? (Ils s'en souvenaient.) C'était Aretha Franklin. Et vous vous souvenez du mec aveugle chez le disquaire ?

– Ouais.

– C'était Ray Charles. Vous vous rappelez le pasteur dans son église ?

– Non.

– C'était James...

– Non ?

– Avec la cape rouge ?... Le Noir ?

– Non.

– Dommage pour vous... Derek ?

– Je me souviens pas de ce passage.

– Eh bien, c'était James Brown, dit Jimmy. Attendez... dans *Rocky IV.* « Living in America », tu te rappelles ? C'était lui.

– Ce crâneur !

– Ouais.

– C'était un film merdique, trancha Derek.

– Mais lui, il était bon, objecta Jimmy.

– Ah, ouais...

– En tout cas, écoutez ça. « Get Up, I Feel Like Being a Sex Machine ».

– Oh, où tu vas, là ? intervint Derek. On peut pas chanter ça... Ma mère me tue si je dis des trucs comme ça.

– Tu déconnes ou quoi ? fit Outspan.

– « I Feel Like a fucking Sex Machine », expliqua Derek. Elle m'arrache la tête si je chante un truc pareil.

– C'est pas toi qui chanteras, coco, rétorqua Deco. C'est moi... Et, personnellement, je me fous de ce que pense ma mère... Mets ton disque, Jimmy.

– T'inquiète, Derek, on ne reprendra pas ce morceau, dit Jimmy. Je veux seulement que vous l'entendiez, tu vois, juste pour vous faire une idée, pour la sensation... Ça s'appelle du funk.

– Du funk ou du punk ? lança Deco.

Outspan lui fila une bourrade.

Jimmy abaissa l'aiguille et s'assit sur ses talons, entre les enceintes.

– *I am ready to get up and do my thang,* dit James Brown.

– *Yeah.*

Ça, c'était la réplique d'un chœur de mâles issus du même coin du monde que James Brown.

– *I want to, to get into it, you know.* (« Yeah », firent les mecs présents dans le studio avec lui.) *Like a, like a sex machine, man.* (« Yeah, yeah, go ahead. »)... *Movin', doin'it, you know.* (« Yeah. ») *Can I count it all ?* (« Yeah yeah yeah », hurlèrent les choristes.) *One, two, three, four.*

Ensuite, les cuivres. La même note répétée sept fois *(Dou dou dou dou dou dou dou).* Puis James Brown se mit à chanter. Il chantait comme il parlait, avec une voix puissante qu'il semblait retenir, contrôler, parce qu'elle était dangereuse. Dans la chambre de Jimmy, les garçons étaient aux anges. C'était grandiose.

– *Get up ah,* chantait James Brown.

Cliquetis de guitare.

– *Get on up.*

C'était un autre qui chantait. Une voix fantastique aussi.

De nouveau la guitare.

– *Ger rup ah...*

Guitare.

– *Get on up...*

– *Stay on the scene,* chantait James.

– *Get on up...*

Les paroles de James Brown claquaient.

– *Like a sex machine ah...*

– *Get on up...*

Sur les lits superposés, les garçons se balançaient doucement.

– *You got to have the feeling...*

– *Sure as you are born ah...*

– *Get it together...*

– *Right on...*

– *Right on...*

– *Get up ah,* chantait James Brown.

– *Get on up...*

Il y eut un break du piano puis, à la fin, James fit :

– *Han !*

Ça, c'était le meilleur han ! qu'ils avaient jamais entendu.

Le piano reprit.

– *Ger rup ah...*

– *Get on up*[1]...

Cliquetis de la guitare.

La basse se donnait à fond, avec un martèlement sourd. On l'entendait vraiment, on distinguait les notes. Ça inquiétait un peu Derek. Il avait choisi la basse parce qu'il croyait que c'était simple comme bonjour. Mais celle-ci, c'était quelque chose. À côté d'elle les autres instruments faisaient minus.

Le morceau continuait. Les garçons se balançaient en souriant. Deco se concentrait.

– *Bobby,* appela James Brown. (Bobby devait être celui qui continuait à chanter *Get on up.*) *Bobby ! Shall I take them to the bridge ?*

– *Go ahead.*

– *Take'em all to the bridge.*

– *Take them to the bridge.*

– *Shall I take them to the bridge ?*

– *YEAH*[2] *!*

Là, c'étaient les gars du studio et, avec eux, Outspan et Derek.

---

1. « Je suis chaud pour m'envoyer en l'air/Ouais/J'ai envie de te rentrer dedans, tu sais/Ouais/Comme, comme une machine sexuelle dis donc/Ouais, ouais, vas-y/... De remuer, de le faire, tu sais/ Ouais/On commence le compte à rebours ?/Ouais, ouais, ouais./Un, deux, trois, quatre.../Debout, ah !/Pavillon haut/Debout ah !/Pavillon haut/Ne te dégonfle pas/Pavillon haut/Comme une machine sexuelle, ah !/Pavillon haut/Tu dois le sentir/Aussi vrai que t'es né, ah !/Reprends le dessus/Impec Impec/Debout, ah !/Pavillon haut/Han !/Debout, ah !/Pavillon haut... » *(NdT).*

2. « Bobby, Bobby, est-ce que je les emmène jusqu'au pont ?/Vas-y./Je les emmène tous jusqu'au pont./Emmène-les jusqu'au pont./Est-ce que je les emmène jusqu'au pont ?/Ouais » *(NdT).*

La ligne de guitare se modifia légèrement pour ne plus bouger. James cria et hulula, puis la musique s'éteignit.

Jimmy releva le bras du tourne-disque.

Un rugissement monta du rez-de-chaussée.

– Baisse cette foutue radio !

– C'est la chaîne ! hurla Jimmy, sur le palier.

– La ramène pas avec moi, morveux. Baisse la radio.

Les garçons se tordaient de rire en silence.

– Triste connard, dit Jimmy. Alors, comment vous avez trouvé ?

– Flashant !

– Géant !

– Passe-nous un autre morceau, suggéra Outspan.

– D'accord. Celui-ci, on le reprendra.

Jimmy leur mit « Night Train ». Encore plus génial que « Sex Machine ».

– On changera les paroles pour les rendre... plus dublinoises, leur annonça Jimmy.

Là, ils étaient surexcités.

– Génial ! s'écria Derek. Je vais faire un emprunt supplémentaire pour ma basse.

– Bravo !

– Moi, je vais me trouver une gratte correcte, dit Outspan. Une électrique.

Jim passa « It's a Man's Man's Man's World ».

– Une vraiment bonne, répéta Outspan. Une vraiment, vraiment bonne...

– On y va ? lança Jimmy.

Ils allaient au pub.

Deco se leva.

Il gronda :

– *ALL ABOARD...*
THE NIGHT TRAIN.

En descendant, ils croisèrent Sharon qui montait.
– Ça va, beauté ? fit Deco.
– Va chier, répondit Sharon.

Jimmy passa vingt minutes à contempler sa petite annonce dans le *Hot Press* du jeudi suivant. Il caressa les caractères d'imprimerie (« J. Rabbitte. ») avec un sourire béat.

D'autres avaient dû la voir aussi : quand il rentra du travail, sa mère lui dit que deux jeunes l'avaient demandé.

– J. Rabbitte, ils t'appelaient.
– Oui, c'est moi.
– Tu te prends pour qui, avec ton J. ? Tu t'appelles Jimmy, que je sache.
– C'est pour les affaires, maman. J., ça sonne mieux. T'as déjà entendu parler d'un millionnaire qui s'appelle Jimmy ?

L'affaire roulait.

James Clifford avait dit oui. Pendant tout le week-end, des tas de gens téléphonèrent en demandant J. Rabbitte. Deux mecs intéressaient Jimmy : un batteur, Bill Mooney, de Raheny, et Dean Fay, de Coolock, qui avait bien un saxophone mais avoua qu'il débutait. Lundi, il y eut plus d'appels. Aucun n'accrocha Jimmy. Il prit des numéros de téléphone et les jeta à la poubelle.

Il jugeait sur un seul critère : les influences.
– C'est quoi, tes influences ?
– U2.
– Simple Minds.
– Led Zeppelin.
– Euh... en fait, personne.

C'étaient les réponses les plus fréquentes. Elles ne passaient pas.

– Jethro Tull et Bachman Turner Overdrive.

Jimmy referma la porte au nez de celui-là sans se donner la peine de lui demander son numéro de téléphone. À trois autres, il n'ouvrit même pas. Il avait regardé par la fenêtre de la chambre de ses parents et ça lui avait suffi.

– Et toi, tes références ? avait-il demandé à Billy Mooney.

– Ton serviteur, la Bête des Muppets.

Dean Fay avait répondu Clarence Clemons et le chanteur de Madness. Il n'y avait pas longtemps qu'il avait un sax. Son oncle le lui avait donné : il ne pouvait plus en jouer parce qu'un de ses poumons avait lâché.

Le mardi soir, Jimmy était en haut, dans sa chambre, en train d'enfiler des chaussettes propres, quand Jimmy Senior, son père, entra.

– Dis donc, toi. Tu vends de la drogue ou quoi ?

– NON, JE NE VENDS PAS DE DROGUE.

– Alors pourquoi tous ces petits cons frappent à la porte ?

– J'auditionne.

– Tu quoi ?

– J'au-di-tion-ne. On monte un groupe... Un orchestre.

– Toi ?

– Ouais.

Jimmy Sr éclata de rire.

– Du rock à la con !

Il s'apprêtait à sortir mais il se retourna à la porte.

– Il y a un nain sur un scooter qui te demande en bas.

Quand Jimmy descendit, il vit que son père s'était

pas foutu de lui. Il y avait bien un nabot et un scooter – un machin déglingué –, auquel il était adossé.

– Ouais ? dit Jimmy.

– Dieu te bénisse, frère J. Rabbitte. En réponse à ta question de *Hot Press,* oui, j'aime la soul.

– Quoi ?

– Et je ne suis ni plouc ni sudiste.

– Mais t'as le même âge que mon vieux !

– C'est peut-être vrai, frère Rabbitte, mais j'ai seize ans de moins que B.B. King. Et six ans de moins que James Brown...

– Tu connais James Brown ?

– J'ai fait le bœuf avec lui.

– Tu me vannes, là, ou quoi ?

– La Mecque de Leicester, 1972. Frère James a fait appel à moi pour « Superbad ». Mais je n'ai pas pu donner le meilleur de moi-même parce que j'avais un rhume de cerveau.

Il tapota son scooter.

– J'étais venu de Holyhead sous la pluie. Je n'avais pas de casque, je n'avais rien. Juste Gina.

– Qui c'est ?

– Ma trompette. Mon maître me conseillait toujours de m'imaginer que l'embout était un téton de femme. J'ai choisi Gina Lollobrigida. Une belle femme...

Il regardait Jimmy en face. Il n'y avait pas l'ombre d'un sourire sur son visage.

– Je suis certain que tu as déjà remarqué, frère Rabbitte, que son conseil était idiot, parce que si ç'avait été le sein de Gina Lollobrigida, je l'aurais sucé, je n'aurais pas soufflé dedans.

Jimmy ne savait plus où il était. Il tenta de reprendre le contrôle de la conversation.

– Comment tu t'appelles, vieux ?

– Joseph Fagan.

Il avait ôté son casque. En plus, il était chauve !

– Joey Les Lèvres Fagan.

– Euh... répète ?

– Joey Les Lèvres Fagan.

– Moi, c'est Jimmy Ducon Rabbitte.

– C'est ma façon de jouer de la trompette qui m'a valu ce surnom, frère Rabbitte. D'où vient le tien ?

Jim le menaça du doigt.

– La ramène pas avec moi, morveux !

– Je la ramène avec personne.

– T'as intérêt... Et tu veux me faire croire que t'as joué avec James Brown ?

– Entre autres, frère.

– Par exemple ?

– Tu as tout ton temps ? Oui ? Alors écoute : Screaming Jay Hawkins, Big Joe Turner, Martha Reeves, Sam Cooke – pauvre Sam ! –, Sinatra. On ne m'y reprendra pas. Ce type est un gangster... Otis Redding – que Dieu ait son âme mélodieuse –, Joe Tex, les Four Tops, Stevie Wonder, Little Stevie à l'époque. Il n'avait que onze ans. Un chiot... Je continue ?

– Ouais.

– Voyons... Wilson Pickett, Jackie Wilson, Sam an' Dave, Eddie Floyd, Booker T. et les MGs, bien sûr, Joe Tex...

– Tu l'as déjà cité.

– Deux fois. Mmh... un qui sortait du commun, Jimi Hendrix. Bien que, pour être honnête avec toi, je ne sois pas sûr que ce pauvre Jimi ait remarqué ma présence... Bobby Bland, Isaac Hayes, Al Green.

– T'as pas chômé...

– Tu ne crois pas si bien dire, frère Rabbitte. Et ce n'est pas fini. Blood, Sweat and Tears. Les

Tremeloes. Je sais, je sais, je m'en suis repenti... Peter Tosh, George Jones, les Stranglers. Des tendres sous leurs cuirs. Pour les Stones, je me suis présenté le mauvais jour. Le lendemain. Ils étaient repartis.

– Ah, le nul !

– Je sais... Est-ce que ça ira ? Ah, oui ! et les Beatles.

– Les Beatles, répéta Jimmy.

– C'était de l'argent facile. *All you need is love... dou da dou da dou.*

– C'était toi ?

– Oui, c'était moi, frère. Cinq livres, trois shillings et six pence. Un bon paquet, en ce temps-là... Je ne pouvais pas supporter Paul, je n'accrochais pas avec lui. J'étais sur le toit pour « Let it be ». Mais j'étais bien caché derrière. Je ne suis pas très photogénique. Je suis affreux en photo.

Jimmy croyait Joey Les Lèvres. Mais il avait encore une question à lui poser :

– Pourquoi tu veux te joindre à nous ?

– Je suis fatigué des tournées. Je suis revenu au pays... Et ma maman ne va pas très bien.

Poser la question suivante, c'était carrément gonflé, peut-être même idiot, mais Jimmy la posa quand même.

– C'est quoi, tes influences ?

– Je ne reconnais que l'influence de notre Seigneur. C'est le Seigneur qui souffle dans ma trompette.

– Sans blague !

– Et les murs s'écroulent.

Joey Les Lèvres s'expliqua :

– J'ai tourné il y a neuf, non dix, peut-être onze ans, dans un ensemble gospel, les Anges de l'Alabama, avec sœur Julie Bob Mahony en vedette. Ils m'ont amené à Dieu. Je me suis repenti, je peux bien te le dire, frère Rabbitte. Autrefois, j'étais un grand pécheur. Un gars infréquentable. Mais le Seigneur n'est pas intraitable, tu sais. Il ne fait pas un scandale pour une cuite occasionnelle, ou un gros mot de temps en temps. Même pas pour une sœur, si tu la traites avec le respect qui convient...

Jimmy se taisait. Joey Les Lèvres continuait.

– Le Seigneur m'a dit de rentrer au pays. En fait, c'est Ed Winchell, un révérend baptiste de Lenox Avenue, à Harlem, qui me l'a dit. Mais le Seigneur lui avait dit de me le dire. Il m'a raconté qu'il regardait quelque chose à la télé sur les frères ennemis d'Irlande du Nord et que le Seigneur avait déclaré que les frères irlandais ne connaissaient pas la soul et qu'ils avaient besoin d'un peu de soul. Et rapidement ! Ed m'a conseillé de retourner en Irlande et d'insuffler un peu de soul chez les frères irlandais. Les frères ne s'entre-tueraient pas s'ils connaissaient la soul. C'est ce qu'affirmait Ed. Je ne suis pas baptiste moi-même, mais j'adore le révérend Ed.

Jimmy se taisait toujours.

– Est-ce que c'est oui ? demanda Joey Les Lèvres.

– Merde, oui. Oui bien sûr que c'est oui ! T'as le téléphone ?

– Jésus en ligne directe, répondit Joey Les Lèvres. Tu peux lui dire ce que tu veux. 463221.

Jimmy nota le numéro.

– Je te contacterai. C'est sûr. Il faut que mes potes te voient... te rencontrent.

Joey Les Lèvres enfourcha son scooter. Il avait remis son casque.

– Tous les enfants de Dieu ont des ailes, lança-t-il.

Il démarra, franchit la grille, remonta l'allée et descendit la rue.

Jimmy était ravi. Désormais, il en était sûr, ça allait

marcher. Les Commitments allaient exister. Ils avaient Joey Les Lèvres Fagan. Ce mec avait assez de soul dans le ventre pour contaminer tout le groupe. Et Dieu était avec lui, ce qui ne gâchait rien.

Pour répéter, les Commitments se retrouvaient dans le garage de la maison de la mère de Joey. C'était une grande maison sur Howth Road, près de Killester, et le garage aussi était grand.

La première fois qu'ils y allèrent tous, Joey Les Lèvres avait bourré le lieu de sièges et de tapis. Ils se détendirent pendant que Joey les comptait, pour les sachets de thé.

– Fort, le thé, mes frères ? demanda-t-il.

Pas de réponse. Il jeta donc quinze sachets dans la théière.

Ils étaient tous là, réunis pour la première fois.

Jimmy Rabbitte, manager.

Outspan Foster, guitare.

Deco Cuffe, chant.

Derek Scully, guitare basse. (Il en avait acheté une, de quatrième main – il la croyait de seconde main – pour soixante livres. L'ampli et l'étui coûtaient quarante livres de plus, et les valaient. Il avait passé un marché avec sa mère. Elle avait avancé l'argent de la basse et du matériel, et lui devait payer la location du magnétoscope pendant les dix-huit prochains mois. La mère de Derek n'était pas née de la dernière pluie.)

James Clifford, piano.

Billy Mooney, batterie.

Dean Fay, saxophone.

Et Joey Les Lèvres !

C'était la première fois qu'ils voyaient Joey Les Lèvres. Ils n'étaient pas déçus ! Ce type ressemblait à un paternel. À leur paternel, merde ! Petit, chauve, gros et buveur de thé. Il portait des pantoufles, des pantoufles écossaises pelucheuses. Mais une chose le rendait différent. Il avait un tee-shirt de la campagne de Jesse Jackson.

– Le groupe est-il au complet, frère Jimmy ? demanda Joey Les Lèvres.

Il distribuait des tasses.

– Ouais, répondit Jimmy.

– Et qu'est-ce que vous avez écouté ?... Tu as parlé de mon ami James Brown, non ?

– Ouais... On va reprendre « Night Train ».

– Ce que j'entends là me plaît... Et puis ?

– Eddie Floyd. « Knock on the Wood », tu connais ?

– Mmh !

– Percy Sledge, continua Jimmy.

– « When a Man Loves a Woman » ?

– Ouais.

– Superbe.

– Tout ça, ça ne date pas d'hier, observa Jimmy.

– Bon début, commenta Joey Les Lèvres. J'ai ici des gâteaux fourrés à l'orange, frères. La nourriture de la soul.

Quand ils entendirent ça, ils commencèrent à l'accepter. Quand il sortit sa trompette et qu'il leur joua « Moon River », ils furent emballés. Jimmy les avait gonflés, à leur rebattre les oreilles du génie de ce mec, mais maintenant ils comprenaient. Ils étaient les Commitments.

Une fois qu'ils eurent fini de féliciter Joey Les Lèvres (« Il faut vous rendre justice, mister Fagan. – Ouais, c'était redoutable. – Appelez-moi Joey, frères »), Jimmy annonça une nouvelle.

– J'ai réuni des choristes.

– Qui ?

– Trois filles.
– Des filles... Super !
– Sont-elles canon, Jimmy ? s'enquit Joey.
Tous le regardèrent fixement.
– Merde, bien sûr qu'elles le sont !
– Qui est-ce ? demanda Outspan.
– Tu te souviens de Tracie Quirk ?
– Mais elle est mariée !
– Pas elle. Sa frangine.
– Laquelle ? demanda Derek.
– Imelda.
– Laquelle c'est, déjà ? Attends... Oh, Seigneur, ELLE ! Super !
– Mais laquelle c'est ? insista Outspan.
– Tu la connais, répondit Derek... Tu peux pas l'avoir loupée. Petite, avec des seins de rêve. Tu la connais. Elle a de longs cheveux noirs qui lui tombent sur les yeux.
– Elle !
– Elle est hyper-belle, dit Derek. Quel âge elle a ?
– Dix-huit ans.
– Elle habite près de chez toi, James.
– Oui, je crois.
– Est-ce qu'elle sait un peu chanter la soul ?
– Aucune idée, dit Jimmy.
– Et les autres ? demanda Deco.
– Deux de ses copines.
– Tu es un bon manager, frère, déclara Joey Les Lèvres. Seront-elles habillées en noir ?
– Ouais... Je... je crois.
– Bon, bon.

Le temps passa.
Ceux des Commitments qui apprenaient encore à jouer de leurs instruments firent des progrès.

Ceux qui étaient prêts prenaient leur mal en patience. Il n'y avait pas de répétition de groupe. Jimmy y était opposé. Il fallait d'abord que tous soient au point.

Les doigts de Derek étaient à vif. Son truc, c'était de battre les cordes. C'était comme ça qu'on faisait, lui avait dit Jimmy. Derek s'aperçut qu'il pouvait s'en tirer en se concentrant sur une corde. Question variété, il y avait mieux, mais pour compenser il frappait la corde plus souvent. Il écartait sa main du manche puis il la reposait plusieurs fois, comme ça il avait l'air de se défoncer sur un truc compliqué. Il tenait sa basse en bas, presque à hauteur de genoux, style Stranglers. Il n'avait pas à plier les bras.

Outspan aussi progressait. Il n'y aurait pas de solos de guitare, expliqua Jimmy, et ça bottait Outspan. Jimmy lui donna des compilations de la Motown à écouter. Avec peu de changements d'accords. Tout ce qu'il fallait, c'était être suffisamment décontracté pour suivre le rythme.

En haut, dans sa chambre, Outspan était complètement largué à tenter de gratter sur le tempo de la Motown. Mais dès qu'il cessa de se regarder dans la glace, il se détendit. Il peinait sur les disques, surtout les Supremes. Sous l'énergie, c'était simple.

Ensuite, il revint à la glace. Il était électrisé. La main qui tenait le médiator dansait. Parfois, on la voyait à peine. La main avait une sacrée allure ! Le bras bougeait à peine. Tout dans le poignet, avec la guitare haut sur la poitrine.

Il économisait de l'argent quand il pouvait. Il ne travaillait pas, mais, le dimanche matin, il faisait du porte-à-porte dans Barrytown, avec les poulets surgelés que son cousin réussissait toujours à voler à

H. Williams, le vendredi soir. Ça lui permettait de mettre de côté au moins dix livres par semaine. Il donnait aussi un coup de main au voisin, Mr Hurley, pour son affaire de vidéo. Ça l'obligeait à garder environ deux cents vidéocassettes sous son lit et à rouler quelques heures dans le quartier, avec Mr Hurley, deux fois par semaine. Il distribuait les cassettes pendant que Mr Hurley encaissait le fric. Et puis, sans prévenir, sa mère lui donna les trois quarts de son argent de poche mensuel. Il en pleura.

Il possédait cent quarante-cinq livres maintenant. Il se procura une guitare électrique de troisième main (dont la marque était oubliée depuis belle lurette), plus un mauvais ampli et un étui de guitare. Après ça, impossible de l'arracher au miroir.

La mère de Deco se faisait du souci pour son fils. Il engloutissait son petit déjeuner et puis il criait quelque chose comme *GOOD GOD Y'AWL* ou encore *TAKE IT TO THE BRIDGE NOW.* Deco s'était mis au régime soul strict : James Brown, Otis Redding, Smokey Robinson et Marvin Gaye. James pour ses grognements, Otis pour ses gémissements, Smokey pour ses geignements et Marvin pour les trois à la fois, disait Jimmy.

Deco chantait, criait, grognait, gémissait et geignait sur les cassettes que lui avait fournies Jimmy. Il s'esquintait la gorge tous les soirs. Quand il arrivait à la fin de *THE TRACKS OF MY TEARS* il avait l'impression qu'on l'avait tailladée de l'intérieur. *I HEARD THROUGH THE GRAPEVINE* lui plaisait : au moins les femmes qui chantaient *I heard it through the grapevine not much longer would you be my baby* lui laissaient une petite chance de s'humecter la gorge. Imiter Marvin Gaye, ça équivalait à s'irriter la gorge, puis à remuer le fer dans la plaie.

Mais il persévérait. Il s'améliorait. Ça devenait

plus facile. Il sentait sa gorge s'assouplir. Elle restait humide plus longtemps. Il trouvait de l'air plus bas. Il passait Otis Redding et chantait « My Girl » avec lui quand il avait besoin de repos. Il terminait chaque séance avec James Brown. Après, il s'étendait sur son lit jusqu'à ce que la morve s'arrête de couler. Il ne pouvait pas fermer les yeux parce qu'il était complètement sonné. Deco prenait la chose très au sérieux.

Il répétait planté devant la glace de la penderie. Il fallait qu'il se regarde en train de chanter, disait Jimmy. Il devait s'imaginer qu'il avait un micro. Au début, il sautait partout, mais c'était trop crevant, et puis ça terrifiait sa mère. Jimmy lui montra une courte vidéo de James Brown interprétant « Papa's Got a Brand New Bag ». Impossible d'imiter le célèbre piétinement de James sur la moquette de la chambre, alors Deco s'entraînait sur le lino de la cuisine quand tout le monde était couché.

Il étudiait la manière dont James Brown se laissait tomber à genoux. Il ne remontait pas son pantalon pour ensuite s'agenouiller. Il se laissait tomber. Deco tenta le coup. Il grogna *Sometimes I feel so good I wanna jump back and kiss myself,* pointa ses genoux vers le sol, et le reste de son corps suivit le mouvement.

Il ne se releva pas tout de suite. Il crut qu'il s'était pété les rotules. Jimmy lui apprit que les pantalons de James Brown étaient souvent trempés de sang quand il sortait de scène. Il faudrait le payer cher pour que ça lui arrive, se jura Deco.

Au piano James Clifford assurait. Jimmy lui fit écouter Little Richard. Il le poussa à frapper les touches avec les coudes, les poings ou les talons. James était en troisième année de médecine. Il était capable de nommer avec précision toutes les parties du corps avec lesquelles il jouait du piano. Il était même capable d'expliquer les lésions qu'il s'infligeait. Il cala devant le front. Jimmy ne parvint pas à le convaincre d'embrasser son piano avec le front. Là, c'était trop. D'ailleurs, il portait des lunettes.

Joey Les Lèvres aidait Dean Fay.

– Mon vieux, cette anche que tu vois est un joli sein de femme.

Pendant des jours Dean rougit chaque fois qu'il humectait son instrument et refermait ses lèvres autour.

– Pense à une femme en particulier, à quelqu'un de réel...

Dean porta son choix sur une fille qui habitait de l'autre côté de la rue. Elle était dans la même classe que son frère, en quatrième, et elle venait toujours chez eux pour emprunter ses livres ou pomper ses devoirs. Mais ça ne marchait pas. Dean était incapable d'aller jusqu'au bout. Elle était trop réelle. Alors l'anche de son saxophone devint un des seins de Madonna et le jeu de Dean commença à décoller.

Joey Les Lèvres était un professeur hors pair, d'une patience à tout casser. Ça n'était pas du luxe : même la mère de Joey Les Lèvres, qui était sourde comme un pot, « sentait » jouer Dean à l'autre bout du pavillon.

Au bout de trois semaines, Dean était capable d'aligner trois notes d'affilée et de tenir les noires. Des blanches s'éparpillaient dans toute la maison. Joey Les Lèvres jouait à côté de lui, comme un moniteur d'auto-école. Il ne cria qu'une fois. Un vrai cri d'effroi et de douleur : Dean l'avait bousculé en reculant, alors que Joey Les Lèvres tenait encore sa trompette à la bouche.

Billy Mooney frappait comme un sourd sur sa batterie. Son père était mort et ses frères étaient beaucoup plus jeunes que lui, alors il n'y avait personne à la maison pour lui dire de mettre une sourdine !

Jimmy lui conseilla de ne pas trop se casser la tête pour les cymbales et d'utiliser les deux bouts de ses baguettes. Ce qu'il voulait, c'était un tempo simple et régulier : une rythmique d'acier. Pour Billy, pas de problème. Il aurait été content avec un couvercle de poubelle et un marteau. Et c'était avec ça qu'il jouait quand il accompagnait « Dancing in the Streets ». Pas vraiment un couvercle de poubelle : un plateau en métal avec un cheval de course dessus. Au bout de deux jours, il n'y avait plus de cheval.

Les trois choristes, les Commitmentettes, écoutaient les Supremes, Martha and the Vandellas, les Ronettes, les Crystals et les Shangri-las. Les Commitmentettes, c'étaient Imelda Quirk et ses amies, Natalie Murphy et Bernie McLoughlin.

– Votre façon de bouger, vous voyez... c'est plus important que votre façon de chanter, leur dit Jimmy.

– T'es un vrai dégueulasse !

Mais Imelda, Natalie et Bernie savaient chanter. Elles avaient fait partie de la chorale de la paroisse, du temps où elles allaient à l'école, mais ça, elles s'en rendaient compte aujourd'hui, ce n'était pas vraiment chanter. Jimmy répétait que la vraie musique était sexuelle. Elles le traitaient d'obsédé, mais elles commençaient à être d'accord avec lui. Et il n'y avait pas beaucoup de sexe dans « Morning Has Broken » ou dans « The Lord Is My Shepherd [1] ».

À présent, elles chantaient sur « Stop ! in the

1. « Le jour s'est levé » et « Le Seigneur est mon berger » *(NdT).*

Name of Love » et « Walking in The Rain », et ça les branchait bien.

En chœur, leurs voix sonnaient juste. Du moins c'est ce qu'elles croyaient. Jimmy les enregistra. Elles devinrent cramoisies. C'était carrément nul.

– Chantez avec votre bouche, pas avec votre nez, déclara Jimmy.

– Tu nous gonfles avec tes critiques, riposta Imelda.

– C'est la vérité, je vous dis ! Et faites attention à votre accent. C'est « Walking in the Rain », pas « Walkin' in de Rayen ».

– Frimeur !

Elles s'enregistrèrent, puis s'écoutèrent. C'était mieux, plus clair, plus mélodieux. Natalie savait aussi rugir et monter dans les aigus. Elles notèrent les paroles et répétèrent toutes seules, sans disque. Mais ce n'était possible que si l'une des trois avait la maison à elle seule.

Elles évoluaient ensemble, en regardant par terre pour s'assurer que leurs pieds allaient dans le bon sens. Bientôt, elles n'eurent plus besoin de regarder par terre. Elles tortillaient des fesses devant la glace de la coiffeuse et se tordaient de rire. Mais elles ne laissaient pas tomber.

Jimmy les réunissait régulièrement, environ deux fois par semaine, et les obligeait à venir au rapport. Là, toujours dans le garage de la mère de Joey Les Lèvres, il prêchait la bonne parole. Les sermons de Jimmy les éclataient. Lui aussi.

C'était pas vraiment des sermons, plutôt des séminaires.

– La soul est une épée à double tranchant, les mecs, leur dit-il un jour.

Joey Les Lèvres hocha la tête.
– Un des tranchants, c'est l'évasion.
– Qu'est-ce c'est que ça ?
– S'éclater... Échapper à tout ça. Se laisser aller... Tu vois ce que je veux dire ?
– En avant !
Jimmy poursuivit :
– Et quelle est la meilleure évasion, Imelda ?
– Je sais ce que tu vas dire.
– Moi, je dirais qu'une petite promenade ravigotante sur le front de mer est une forme d'évasion très agréable, déclara James Clifford.
Ils rirent.
– Suivi par ? demanda Jimmy.
– Tout dépend du côté où tu fais ta petite promenade ravigotante.
– Pourquoi ?
– Si tu prends la direction de Dollymount, tu peux aller jusqu'au bout et t'envoyer en l'air dans les dunes... C'est là que tu veux en venir, non ?... Comme d'habitude.
– Dans le mille, répondit Jimmy. La soul, c'est s'éclater.
– Je ne vois pas ce qu'il y a d'amusant à se foutre du sable sur le zob, dit Outspan.
Hurlements de rire.
– Le rythme de la soul est le rythme de la baise, reprit Jimmy. Le rythme de la baise, c'est le rythme de la soul.
– T'es vraiment un obsédé, lança Natalie.
– Dans la vie, il n'y a pas que le cul, Jimmy, renchérit Derek.
– Sans blague !
– Écoute, Natalie, il n'y a rien de dégueulasse là-dedans, protesta Jimmy. En réalité, c'est très hygiénique et très sain.

– Parce que se foutre du sable sur le zob, c'est hygiénique ?

– Tu adores dire des trucs dégueulasses, insista Natalie.

– Nat, Nat, Nat, dit Jimmy. Ça me déprime d'entendre une jeune femme moderne penser ça.

– Des trucs dégueulasses, c'est des trucs dégueulasses ! se défendit Natalie.

– Ah ouais ? intervint Bill Mooney. Dieu merci !

– La soul, c'est le sexe, résuma Jimmy.

– Bien joué, Jimmy, approuva Deco.

– Imelda, reprit Jimmy. Tu es une femme du monde.

– Ne lui réponds pas, Imelda, conseilla Bernie.

Jimmy continua :

– T'as déjà couché, non ?

– Seigneur ! Rabbitte !

– Bien sûr, une belle fille comme ça !

– Ne lui réponds pas.

Mais Imelda voulait répondre.

– Eh ben, ouais... Ouais... Et alors ?

Hourras et rougissements.

– C'était le genre partouse, Imelda ? demanda Outspan. J'ai vu un truc là-dessus sur Channel 4. Ça avait l'air redoutable...

Derek regarda Imelda.

– T'es sérieuse ?

Imelda le décevait.

Deco tapa sur l'épaule d'Imelda.

– Nous pourrions faire de la belle musique ensemble, chérie.

– Je t'arrache les couilles avec les dents si tu t'approches de moi, espèce de connard boutonneux !

Nouveaux hourras.

D'un geste de l'épaule, Imelda esquiva les doigts de Deco.

– Peut-être que ça me plairait, minauda Deco.

– J'en ferai des pendants d'oreilles, précisa Imelda.

– Tu es aussi dégueulasse qu'eux, observa Bernie.

– Ah, fous-moi la paix, Bernie !

– Je croyais qu'on avait dit que les vannes étaient interdites, intervint Jimmy. Excuse-toi.

– Et puis quoi encore !

– Vas-y.

– Excuse-moi.

– Très bien.

– Merdeux !

– Oh hé !

Deco empoigna Imelda par les épaules. Bernie se leva d'un bond et lui attrapa les oreilles.

– Lâche-la, toi !

– En tant que porteur de lunettes, dit James, je te conseillerais d'obtempérer. Tu peux toi aussi avoir besoin de lunettes un jour, et une paire d'oreilles en bon état sera alors bien pratique.

– C'est un conseil de médecin, n'oublie pas.

Deco suivit le conseil. Bernie lui rendit ses oreilles. Imelda lui envoya un baiser et lui fit un doigt.

– Revenons à nos moutons, Imelda, reprit Jimmy. Ça t'a plu ?

– C'était très bien.

Encore des hourras et des rougissements.

– Cette dame est la reine de la soul, dit Joey Les Lèvres.

– Et toi, tu es la reine de quoi ? riposta Imelda.

– Alors, t'es d'accord avec nous ? demanda Jimmy à Imelda.

– C'est que de la musique, dit Imelda.

– Jamais de la vie, Imelda. La soul n'est pas que de la musique. La soul...

– C'est parfait pour les Blacks, Jimmy. Leurs queues sont plus grosses que les nôtres.

– Parle pour toi, mon pote.

– Continue, Jimmy. Au moins, on sait qu'Imelda va jusqu'au bout.

– Lâche-moi, toi, répliqua Imelda, mais elle souriait.

Tout le monde souriait.

– Tu disais quelque chose sur une épée à double tranchant, rappela James.

– Je parie que l'autre côté, c'est aussi le sexe, lança Derek.

– Pays de pédés si c'est l'autre côté ! cracha Outspan.

– Je rentre chez moi si ça continue, dit Dean.

– Mes frères et mes sœurs, intervint Joey Les Lèvres. Laissez parler frère Jimmy. Décris-nous l'autre tranchant de l'épée, Jimmy.

Ils se turent.

– Le premier côté, c'est le sexe, répéta Jimmy. Le deuxième, c'est... la RÉVOLUTION.

Hourras et poings levés.

Jimmy poursuivit :

– La soul, c'est la politique du peuple.

– Yaou !

– Bien dit, Jimmy !

– De NOTRE peuple... La soul est la cadence du sexe. C'est aussi la cadence de l'usine. La cadence de l'ouvrier. Baise et usine.

– Pas de l'usine où je suis, dit Natalie. Où est le rythme dans le vidage du poisson ?

Les rires des autres la ravirent.

– Maquereau musical, quoi !

– Hareng mélodieux !

– Johnny Ray, cita Dean, avant de rugir : JOHNNY RAY[1] !

– D'accord... on se calme, dit Jimmy.

– Salope de morue, ajouta Deco.

– La politique... la politique des partis, reprit Jimmy, ne veut plus rien dire pour les travailleurs. Plus rien. Qu'ils aillent se faire foutre ! La soul, c'est la politique du peuple.

– Continue à parler de baise, Jimmy, parce que là, tu deviens chiant.

– La politique, la baise, insista Jimmy, c'est la même chose.

– Frère Jimmy dit la vérité, approuva Joey Les Lèvres.

– Il parle avec son cul, ouais !

– La soul est dynamique, l'âme est dynamique.

– Toi aussi.

– On ne peut pas l'emprisonner. On ne peut pas l'enchaîner. Ils ont enchaîné les esclaves noirs, mais ils n'ont pas enchaîné leur âme.

– Mais c'étaient pas leurs âmes qui ramassaient leur foutu coton. Elles le font maintenant ?

– Bonne question.

– Va te faire mettre !... La soul est la cadence du peuple, répéta Jimmy. Le parti travailliste ignore la soul. Le Fianna Fail ignore la soul. Le parti ouvrier ignore la soul. Les Irlandais... non. Les gens de Dublin – les autres peuvent crever ! –, les gens de Dublin, notre peuple, n'oubliez pas, ont besoin de soul. Et nous, nous avons la soul.

– Et comment, qu'on l'a !

---

1. Chanteur larmoyant qui eut son heure de gloire dans les années cinquante *(NdT)*.

– Les Commitments, les gars. Nous l'avons. La soul. Dieu a dit au révérend Ed...
– Ah, lâche-nous !

Donc, ils adoraient les sermons de Jimmy. Ses déclarations de politique générale valaient aussi le coup.
– Qu'est-ce que c'est ? demanda Derek après que Jimmy eut fait une de ses déclarations.
– Des smokings, répondit Jimmy.
– Pas question, Rabbitte.
– Si.
– Pas question, merde, Jim ! Non et non !
– J'en ai porté un pour le bal des débutantes de ma copine, raconta Billy. Le tissu était drôlement épais. Les manches étaient trop longues et le pantalon carrément trop court. Il y avait une connerie de galon qui allait jusqu'en bas...
– J'ai gerbé sur le mien à notre bal, tu te rappelles ? s'écria Outspan.
– Ouais, et il y a pas que sur le tien que tu as gerbé. Le mien en a profité aussi, lui rappela Derek.
– Oh, quel con ! s'exclama Dean. Je m'en souviens tout à coup !... J'ai oublié de rendre le mien. Il est toujours sous mon lit.
– C'était quand, votre bal ? leur demanda Bernie.
– Il y a deux ans, répondit Dean.
Éclats de rire.
– Tu leur dois des centaines de livres, remarqua Outspan.
– Je ferais mieux de le laisser là où il est.
– Jimmy, intervint James. Sérieusement : tu veux qu'on se mette sur notre trente et un ?
– Ouais... Pourquoi pas ?
– Va chier, dit Billy.

– Bien dit.

– Il faut que vous fassiez bon effet, dit Jimmy. Que vous soyez corrects. Dignes.

– Merde ! Qu'est-ce y a de digne à se déguiser en un bon Dieu de pingouin ? protesta Outspan.

– J'aurais la honte, dit Derek.

Deco, lui, ne disait rien. Il trouvait l'idée géniale.

– Frères et sœurs, lança Joey Les Lèvres. Nous savons que la soul, c'est le sexe. Et la soul, c'est aussi la révolution, oui ? Maintenant, la soul, c'est... la dignité.

– Je comprends que dalle à ce que tu dis, objecta Dean.

– La soul c'est s'élever, la soul c'est se secouer les puces, la soul c'est...

– Merde, de quoi il parle ?

– Mon frère, la soul est dignité. Dignité, soul. La dignité est respect. Respect de soi. La dignité est fierté. Dignité, confiance. Dignité, affirmation. (Tout en raisonnant, Joey bougeait son index en cadence. Ils étaient suspendus à lui.) Dignité, honnêteté. Dignité, élégance... Dignité, style.

L'index s'immobilisa.

– Mes frères et mes sœurs... Dignité, tenue... Tenues de soirée.

– Fourre-la-toi où je pense, ta dignité, Joey !

– Dignité en pantoufles, dignité en cardigan...

– Ah, mais foutez-lui la paix à Joey ! coupa Natalie.

Joey Les Lèvres rit avec eux.

Puis Jimmy brandit des photocopies d'une photo de Marvin Gaye en habit de gala. Ça les fit taire un moment.

– Il est magnifique, non ? commenta Imelda.

– Ouais, admit Natalie.

Joey Les Lèvres leva les yeux de sa photocopie.
– Il nous regarde de là-haut, mes frères.
– Bon, reprit Jimmy, une fois que chacun eut la sienne. Qu'est-ce qu'il y a de mal là-dedans ?
– Rien.
– Il a de la gueule, non ?
– Ouais.
– On en aura des beaux. Cintrés... D'accord ?
Outspan leva les yeux.
– D'accord.

Un des meilleurs moments, ce fut le soir où Jimmy leur attribua leurs noms d'artistes.
– Qu'est-ce tu leur reproches, à nos noms de tous les jours ? voulut savoir Dean.
– Rien, Dean. Rien du tout, je t'assure.
– Eh ben alors ?
– Écoute, expliqua Jimmy. Prends Joey. Il s'appelle Joey Fagan. Joey Fagan, un type comme les autres. Un banal petit con.
– C'est moi, mon frère, dit Joey Les Lèvres. Je suis le Jésus de tous les jours.
– Mais quand Joey monte sur scène, c'est Joey Les Lèvres Fagan.
– Et alors ?
– Là-haut, il n'est plus un mec banal. Il est spécial... Et pour un mec spécial, il faut un nom spécial.
– La soul est dignité, leur rappela Joey Les Lèvres.
– Merde, où est la dignité dans un nom aussi con que « Les Lèvres » ?
– Mon cœur saigne, dit Joey Les Lèvres.
– Excuse-moi, Joey. C'était pas personnel.
Joey Les Lèvres sourit.
– Ça fait partie de son image, expliqua Jimmy. Comme James Brown est le Parrain de la soul.

– Mais c'est toujours James Brown !

– Parfois, il est Mr James Please Please Please Brown.

– C'est vrai ? dit Outspan... Vous trouvez pas ça lourd, quand même ?

– Les nôtres ne le seront pas, promit Jimmy.

Il sortit son carnet.

– J'y ai déjà réfléchi.

– Oh, merde !

– Écoutez-moi... OK, Joey Les Lèvres Fagan, c'est parfait. Toi, James, tu seras James Clifford, le Chirurgien de la soul.

Cris et brève salve d'applaudissements.

– T'es d'accord ? demanda Jimmy.

– Ça me plaît, répondit James.

Ça lui plaisait vraiment. Il était ravi.

– Le Chirurgien de la soul pratique des transplantations sur son vieux piano, déclara-t-il.

– T'as tout compris, acquiesça Jimmy. C'est l'esprit du truc. Chaque membre du groupe devient un personnage.

– Continue, Jimmy.

Ça commençait à les emballer sérieusement.

– Derek...

– Ouais.

– Tu es Derek Chipolata Scully.

Rugissements de rire.

– Merde ! Tu te fous de ma gueule ? s'insurgea Derek.

Il était déçu.

– Tu veux me démolir ou quoi ?

– T'es bien boucher, non ? rétorqua Jimmy.

– Ouais, et alors ?

– Tu joues de la basse comme un boucher, poursuivit Jimmy.

– Je te remercie, putain !

– C'est un compliment, c'est un compliment... Tu manies le hachoir... si tu vois ce que je veux dire...

– C'est tes couilles que je vais passer au hachoir si tu ne me trouves pas un meilleur nom !

– Attends... Tu vas aimer ça... Là-bas, en Amérique – d'accord ? –, tu sais ce que c'est, une chipolata ?

– La même chose qu'ici.

– Sauf qu'il y en a plus.

– Non, écoute, reprit Jimmy. En argot, chipolata, c'est le chibre.

Des bravos et des cris accueillirent cette information.

– Mais c'est dégoûtant ! s'écria Natalie.

– Attends une minute, riposta Derek... En américain, chipolata est l'équivalent de « gland » ?

– Ouais.

– Pourquoi ne pas l'appeler Dugland, alors ?

– Ou Tête de nœud ?

– Lâchez-moi, dit Derek.

Il l'avait vraiment très mauvaise.

– Écoute, reprit-il.

Ça n'allait pas être facile, surtout en présence des filles.

– Ma bite n'a rien de spécial.

– Yaou, Derek !

– Allez, Derek, sois un homme !

– Un peu de calme, s'il vous plaît, mes frères, demanda Joey Les Lèvres.

– C'est une question d'image, expliqua Jimmy. De toute façon, personne ne saura ce que ça veut dire avant qu'on débarque aux États-Unis.

– C'est un bon nom, observa Joey Les Lèvres. Tout groupe a besoin de son Chipolata.

– J'en sais rien, protesta Derek. Ma mère me tuerait si elle savait que je dois mon nom à ma quéquette.

– Elle ne le saura pas.
– Je le lui dirai, le taquina Outspan.
– Va chier !
– Parfait, conclut Jimmy. Au suivant. Deco...
– Je peux m'appeler Chipolata, moi aussi, Jimmy ?
– Non. Toi, tu es Declan SDF Cuffe.
– C'est béton comme nom, commenta Outspan.
– Sexe et politique, dit Jimmy... Qu'est-ce que tu en penses, Deco ?
– Ouais.
– Billy.
– Enchanté.
– Billy la Bête Mooney.
– Ah, redoutable ! La Bête... Merci, Jimmy.
– Du gâteau... OK, Dean ensuite... Dean.
Dean se redressa sur son siège.
– Toi, c'est Dean Fiesta Fay.
Hurlements.
– C'est génial, admit Dean.
– Et nous ? lança Imelda.
– Ça vient, fit Jimmy. Outspan, on ne peut pas t'appeler Outspan.
– Pourquoi ?
– C'est raciste.
– Quoi !
– C'est raciste... À cause des oranges sud-africaines !
– Putain, t'es cinglé, Jimmy, objecta Billy.
– C'est mon nom, protesta Outspan.
– Pas ton vrai nom.
– Même ma mère m'appelle Outspan.
– Non, c'est pas vrai, répliqua Derek.
– Lâche-moi ou je te cogne !
– J'ai vu un truc à la télé, intervint Dean. On

disait qu'ils obligeaient les prisonniers noirs – tu me suis ? – à ramasser les oranges.

– Merde, j'oblige personne à ramasser des oranges !

– La soul n'a pas de couleur de peau, mes frères et mes sœurs, déclara Joey Les Lèvres.

– J'aime même pas les oranges, ajouta Outspan. Sauf les satsumas. Celles-là sont bonnes.

– Est-ce que la soul mange des oranges, Joey ?

– Laisse Joey tranquille, connard, dit Jimmy. Écoute... ton vrai nom, c'est Liam, non ?

– Je le sais, merci ! dit Outspan.

– C'est pas un nom très soul.

– Merde ! Je peux même plus porter mon vrai nom maintenant...

– Ta gueule une minute. C'est quoi, ton second prénom ?

– Qu'est-ce tu veux dire, hein ?

– Moi, je m'appelle James Anthony Rabbitte. Et toi ?

– Liam..., répondit Outspan. (Il piqua un fard.) Terence Foster.

– Enchantée, Terence, lui cria Imelda avec un signe de la main.

Il s'apprêtait à lui dire d'aller se faire voir, mais il s'en garda parce qu'il avait le béguin pour elle.

(Comme Jimmy, Derek, Deco, Billy James et Dean, Outspan était amoureux d'Imelda.)

– Bon, reprit Jimmy. Tu seras L. Terence Foster. Écoutez-moi ça. Ça sonne super. L. Terence Foster, L. Terence Foster. Ça sonne pas super ?

– Ça sonne d'enfer, commenta Derek... Mieux que ce foutu Chipolata.

– Si on échangeait, suggéra Outspan.

– Pas question, trancha Jimmy.

– Et nous ? dit Bernie.

– D'acc, dit Jimmy. Vous êtes prêtes, les filles ?... Sonia, Sofia et Tania, les Commitmentettes.

Les filles hurlèrent, puis s'esclaffèrent.

– Va pour Sonia, dit Imelda.

– Moi, je suis Sofia alors, dit Natalie. Sophia Loren.

– Avec ta tête ?

– Va te faire foutre, toi !

– En tout cas t'as le cul pour, Nat.

– Va te faire foutre.

– Et moi ? protesta Bernie.

– Elle a oublié le dernier nom de la liste.

– Toi, c'est Fido, lança Deco.

– Va te faire foutre, répéta Natalie.

– Va te faire foutre toi-même, riposta Deco.

Natalie lui cracha au visage.

– Allez ! Arrêtez, intervint Jimmy.

– Et que ça te file le sida, vitupéra Natalie.

Deco laissa glisser parce qu'il était aussi amoureux de Natalie.

– Tu t'appelleras Tania, Bernie, dit Jimmy.

– Pourquoi pas Bernie ?

– Question d'image, Bernie.

– Tu seras toujours Bernie pour nous, Bernie, promit James.

– Jimmy, je dois le reconnaître : tu as une bonne tête de manager sur tes épaules, déclara Joey Les Lèvres.

– Merci, Joey.

– Frères, sœurs, dit Joey Les Lèvres. Voulez-vous me faire le plaisir de vous prendre par les mains pour montrer votre reconnaissance à frère James Anthony Rabbitte ?

Ils applaudirent tous ensemble.

Après des mois, ils furent enfin prêts à répéter.

Joey Les Lèvres vira quelques sièges du garage pour gagner de la place. Les amplis, les enceintes et les micros étaient installés, ainsi que le piano droit de la mère de Joey.

Plantés autour de leur matériel, les membres du groupe se sentaient impatients, mais aussi idiots, mal à l'aise, intimidés.

Joey Les Lèvres fit le tour pour écouter les instruments. Il fronçait les sourcils, tournait des boutons de réglage, réécoutait, hochait la tête et passait à l'instrument suivant. Il les impressionnait : il savait ce qu'il faisait.

Jimmy était largué sur ce terrain-là. Il ne savait pas comment démarrer la répétition.

Joey Les Lèvres prit les choses en main.

– Mes frères et mes sœurs, je remercie notre seigneur Jésus-Christ pour cette journée.

– Lâche-nous, Joey.

– On va commencer par un morceau facile. Avez-vous tous...

– Tous ! Je t'en fous !

– Est-ce que vous avez TOUS écouté « What Becomes of the Broken Hearted » ?

– Évidemment qu'on l'a écouté, mister Joey. Oui, pat'on.

– Yaou !

Joey Les Lèvres leur passa la cassette. Ils écoutèrent Jimmy Ruffin, tétanisés. Jamais ils n'en seraient capables. Seul Deco pensait pouvoir faire mieux. Joey Les Lèvres arrêta la cassette.

– Bien, sœurettes, attaquons les hou hou hou ! du début.

– Bon Dieu, j'ai honte, dit Imelda.

– Frère James, veux-tu introduire les filles, s'il te plaît ?

– Certainement, Joseph, répondit James.

Quatre fois James tenta d'entraîner les filles, mais elles n'arrivaient pas à suivre.

– Ils nous regardent tous, murmura Bernie.

– Grouillez-vous, bon Dieu ! cria Deco.

– Non, Declan, rectifia Joey Les Lèvres. Nous ne sommes pas pressés. Rome ne s'est pas faite en un jour.

– Mais Dublin, si !

– En une heure, merde !

Cette fois-ci, les filles suivirent James.

– *Hou hou hou...*

Elles tremblaient. Elles avaient toutes entendu leurs voix chevroter, mais elles continuèrent sans regarder personne.

– *Hou... Hou... Hou...*
Hou... Hou... Hou...

– C'était génial, mesdames, dit Joey Les Lèvres. Mesdames les Commitmentettes !

– Bien joué, les filles, approuva Jimmy.

– Sans plus attendre, enchaîna Joey Les Lèvres, écoutons SDF.

Deco avait les paroles sur une feuille de papier. James fit *Plan planplan,* les filles *hou hou hou* et puis Deco chanta, le micro à la main. Et il chantait bien.

– *As I walk this land*
Of broke-en
Drea-ea-eams...

Deco élevait la voix à certains moments puis la rebaissait. Il marquait une pause avant un mot (... THIS) et le martelait ensuite. Il se frappait la cuisse et tapait du talon droit.

– *I have visions o' many things* [1]...

---

1. « Comme je hante ce pays/des rêves/brisés.../J'ai des visions de beaucoup de choses... » *(NdT).*

– Sœurettes, cria Joey Les Lèvres.
– Quoi ? brailla Natalie.
– Je veux que vous fassiez votre entrée ici, d'accord ?
– Comment ça ?
Joey Les Lèvres chantonna :
– ... *Of many things.* Ensuite, Declan reprend la phrase. D'accord ? On y va, frère Deco. *I have visions...*
– *I have visions o' many thin-ings...*
– Sœurettes !
– ... *Of many things,* chantèrent les filles.
– Bien, bien.
– *But... happiness is just an illusion...*
– Sœurettes !
– *Just an illusion...*
– Bien.
– *Filled with sadness an' confusion...*
– Avec lui, les filles !
– *Wha' becomes o' the broke-en hearted...*
Who have loves tha' are now de-par-ted...
I know I've got to find...
Some kind o' peace o' mind...
Baby[1]...
– Parfait, les filles.
– *Hou... Hi... Hou !*
– Magnifique ! cria Joey Les Lèvres.
Il parlait sérieusement. Ç'avait été déplorable, mais c'était un début. Joey Les Lèvres avait foi dans les débuts. Quand on tenait le début, le reste allait de soi. Le Seigneur y pourvoyait.

---

1. « Mais le bonheur n'est qu'une illusion/rien qu'une illusion/... remplie de tristesse et de confusion.../Que deviennent ceux qui ont le cœur brisé/et dont les amours se sont maintenant enfuies/Je sais que je dois trouver/une sorte de paix,/mon amour... » *(NdT).*

Il était trois heures du matin quand ils s'arrêtèrent. Ils s'étaient concentrés sur une seule chanson.

Les problèmes ne manquaient pas. Joey Les Lèvres avait passé la moitié de la soirée à tripoter des boutons et à hurler aux autres de se tenir à l'écart des amplis. Des sifflements stridents, des bruits de souffle et des couinements sortaient des enceintes.

Billy continuait à battre trop vite. À minuit et demi, les autres se rendirent compte qu'il glandait. Jimmy intervint pour lui remonter les bretelles. (« Tu es un con, Mooney. ») Derek fut perdu un moment, mais Joey lui dit de suivre James. C'était épatant, juste trois fois la même note : une note et puis les deux autres ensemble, puis la même chose, encore et encore, jusqu'à la fin.

À deux heures, les filles n'en pouvaient plus. Joey Les Lèvres dut accorder la guitare d'Outspan à sa place.

Jimmy, lui, prit Deco à part pour lui demander d'être patient.

– Donne-leur le temps, dit Jimmy. Ce ne sont pas TOUS des musiciens-nés.

– Je vais essayer, Jimmy. C'est seulement... que je suis prêt, tu vois ce que je veux dire ?

Jimmy hocha la tête.

– Il y a quelque chose en moi qui cherche à sortir, tu vois ce que je veux dire ?

– Je sais, acquiesça Jimmy. Mais reste peinard, d'accord ?

– D'accord.

« Tête de con », se dit Jimmy en son for intérieur.

– Mes frères et mes sœurs, déclara Joey Les Lèvres vers trois heures du matin, nous avons fait du bon boulot ce soir. Voulez-vous bien former tous un cercle, s'il vous plaît ? Toi aussi, Jimmy.

Ils étaient trop fatigués pour discuter. Ils formèrent une ronde et, sans qu'on eût besoin de le leur dire, se donnèrent la main.

– Bon, dit Joey Les Lèvres. Maintenant lâchez-vous les mains.

Ils obéirent.

– Demi-tour à droite.

Ils obéirent encore, toujours en cercle. Chacun d'entre eux était face à un dos. Joey Les Lèvres faisait lui aussi partie du cercle. Il leva les deux mains.

– Maintenant, frères et sœurs, on se tape dans le dos pour avoir fait du bon travail.

Ils se tapèrent dans le dos en rigolant.

C'était la répétition suivante.

– Maintenant, James, mon pote, dit Joey Les Lèvres, emmène-nous au pays des rêves brisés.

James regarda autour de lui. Ils étaient tous prêts à passer à l'attaque. Il démarra.

– *Plan... Planplan...*

Joey Les Lèvres tendit le doigt vers Billy.

– *Boum... Boumboum...*

Vers Derek.

– *Doum... Doumdoum...*

Une fois Derek en selle, James pouvait se montrer un peu plus audacieux. Il suivit les filles.

– *Hou... Hou... Hou...*
Hou... Hou...
Hou... Hou... Hou...

Joey claqua des doigts. Outspan était lancé.

– *Glin... Glinglin...*

Enfin, Deco se mit à chanter.

– *As I walk this land*
O' broke-en
Drea-ea-eams...

Ça fonctionnait, pas d'erreur.

Il faudrait rappeler Deco à l'ordre. Il faisait tournoyer le micro au-dessus de sa tête.

Les filles étaient extra. Leur enchaînement était simple : un pas à droite, un en arrière, un à droite. Elles bougeaient avec ensemble. À peu près de la même taille et du même gabarit, elles avaient de l'allure. Natalie tapait dans ses mains, secouait la tête, montrait les dents.

Les autres Commitments semblaient assez à leur aise. Sauf Dean, qui était pétrifié.

– *I'll be searchin' everywhere...*
Just to find someone to care...
I've been lookin' every day...
I know I'm goin' to find a way...
Nothin's goin' to stop me now...
I will find a way somehow[1]...

Tous s'interrompirent. Le disque s'achevait là-dessus. Ils ne savaient pas comment terminer le morceau.

Deco continua à chanter.

– *I'll search for you down on the docks...*
I'll wait under Clery's clock[2]...

Ils applaudirent.

Deco se tut.

– C'était quoi, ça ? demanda Jimmy.

– Un chouia de couleur locale, répondit Deco.

– C'était génial ! s'exclama Derek.

---

1. « Je fouillerai le monde entier/pour trouver quelqu'un à aimer/J'ai cherché tous les jours/Je sais que je trouverai un moyen/Rien ne m'arrêtera maintenant/Je trouverai bien un moyen... » *(NdT).*

2. « Je te chercherai sur les quais/Je t'attendrai sous l'horloge de Clery's... » (Clery's est un grand magasin dublinois dont l'horloge extérieure sert de point de rendez-vous) *(NdT).*

– Tu disais que les paroles devaient être plus dublinoises, expliqua Deco.

– C'est seulement... que tu aurais dû nous prévenir, déclara Jimmy.

– Mais c'est excellent, protesta Billy.

– Très soul, dit James.

– La soul, c'est la musique du peuple, proféra Joey Les Lèvres.

– Sauf qu'il n'y a que les ploucs qui font leurs courses chez Clery's, dit Billy.

– Ah, ouais ! persifla Derek. Raccroche : la pendule est suspendue dehors, côté rue.

– La soul, c'est la rue, trancha Joey Les Lèvres.

– C'est parfait alors, dit Jimmy. On garde la pendule.

Ils rentrèrent chez eux à pied. Sept des dix Commitments travaillaient. Le lendemain matin, quatre d'entre eux étaient à leur poste.

Les Commitments répétaient trois fois par semaine. Après les premiers soirs, ils s'arrêtèrent avant onze heures et demie pour pouvoir prendre le dernier bus.

Joey Les Lèvres s'en tenait aux morceaux les plus faciles, les moins frénétiques. Un temps « Chain Gang » devint leur préféré.

Les filles levaient leurs marteaux au-dessus de leurs têtes, puis les abattaient.

– *Han !*

Et encore :

– *Ha !*

Et encore :

– *Han !*

Derek aussi chantait. Il grommelait :

– *...Well don't you know.*

Puis Deco éructait :
– *That's the sound o' the men...*
Workin' on the
Chain ga-a-ang...
That's the sound o' the men...
Workin' on the
Chain gang...

Deco fermait souvent les yeux pendant cette chanson.

– *All day they're sayin'...*
My my my my my my my...
My work is so hard...
Give me Guinness...
I'm thirsty...
Myyyyy...
My work is so hard...
Oh oh my my my...
Sweet Jesus...
My work is so hard...

– *Han !* faisaient les filles.
– *Ha !* faisaient les filles.
– *Han !* faisaient les filles.

Derek emballait le morceau avec sa basse.

– *Well don't you...*
Know[1].

Joey Les Lèvres les fit mettre en cercle.

– Qu'est-ce qu'on fait aujourd'hui, Joey ? lui demanda Dean.

---

1. « Eh bien, ne le sais-tu pas/C'est le bruit des hommes/qui cassent des cailloux/C'est le bruit des hommes/qui cassent des cailloux/... Toute la journée ils répètent/Ça par exemple !/Mon travail est si dur/Donne-moi de la Guinness/J'ai soif/Par exemple !/Mon travail est si dur/Oh doux Jésus/mon travail est si dur.../Eh bien, ne le sais-tu pas » *(NdT).*

– Eh bien, mon frère, je pense que nous allons faire passer nos sœurs de la soul sur le devant de la scène.

– Oh, bon Dieu ! s'écria Natalie. J'ai honte.

– Attends, objecta Deco. Ça veut dire quoi, ça ?

– Nos sœurs vont chanter, répondit Joey Les Lèvres. Comme les oiseaux du ciel.

– Mais elles sont choristes !

– Tu nous gonfles, Cuffe, gronda Billy... Ce con est jaloux, c'est tout !

– Ouais, approuva Outspan.

– Nullard, lâcha Imelda.

– Fais-toi pousser une paire de doudounes, vieux, et puis tu pourras chanter avec elles, reprit Billy.

– Tu me cherches ou quoi ?

– Ne m'énerve pas.

– On se calme, les mecs ! intervint Jimmy. Pas de ça.

C'était le moment ou jamais de se livrer à un brin d'instruction civique.

– Pas de ramdam ni de baston, d'accord ?

– Bien dit, Jim.

– De toute façon, reprit Jimmy, les filles sont la partie la plus agréable du groupe.

– Obsédé, va, lança Natalie.

– Merci beaucoup, Jimmy, dit Imelda.

– Du gâteau, Imelda, rétorqua Jimmy.

– Et qu'est-ce qu'on va chanter ? demanda Bernie à Joey Les Lèvres.

– Connaissez-vous « Walking in the Rain » ?

– Sympa.

– *I want him*, brailla Imelda.

– Ce n'est pas exactement ce qu'on appelle une chanson féministe, n'est-ce pas ? observa James.

– La soul n'est pas dans les mots, frère, répliqua

Joey... La soul est dans le sentiment. La soul, c'est sortir de soi.

– Mais c'est ringard !

– C'est pas toi qui chantes, binoclard, lui envoya Imelda.

– C'est ce qu'on appelle de la musique *crossover*, expliqua Jimmy. Elle s'adresse à un marché plus large... Public blanc et noir, plouc et dublinois.

– Et elle est bonne, renchérit Natalie.

– Tu dis la vérité, sœurette, reprit Joey. Nous avons besoin de pluie et de tonnerre... Frère Billy, tu peux nous créer les conditions météorologiques ?

– Les quoi ?

– La pluie et le tonnerre ?

– La pluie, j'en sais rien, mais je peux te donner tout le foutu tonnerre que tu veux !

Il se colleta avec sa batterie.

– Un bon Dieu d'ouragan, si tu veux.

Jimmy intervint :

– Est-ce que tu peux faire vibrer doucement une de tes cymbales ?

– Doucement ?... Seigneur, j'en sais rien... Comme ça ?

– Super, dit Jimmy. Voilà la pluie.

– T'as de bonnes idées.

Les filles répétaient un mouvement. Elles se croisaient les bras sur la poitrine chaque fois qu'elles arrivaient au *him*.

– Le mur du son. Voici le Mur du Son de Mr Phil Spector, mes frères ! s'écria Joey Les Lèvres. Frère Outspan, le morceau repose sur toi.

– Merde ! C'est vrai ?

– Reste calme, poursuivit Joey. Écoutons-le.

– *Chounga... Chounga... Chounga... Chounga...*

– Magnifique, murmura Joey. À vous, sœurettes.

Les Commitmentettes se préparèrent.

– Pluie, cria Joey Les Lèvres.

Billy lui donna la pluie.

– Tonnerre... Un peu moins.

Il fit un signe de tête aux filles.

– *Dou dou dou dou dou...*
Dou...
Dou dou dou dou dou
Douououou...

Natalie, qui était au milieu, s'avança d'un pas.

– *I want him...*

– Prépare-toi !

– Ce n'est pas drôle, mon frère, dit Joey Les Lèvres. On reprend.

– Excuse-moi.

– Pluie... Et maintenant tonnerre.

– *Dou dou dou dou dou...*
Douou...
Dou dou dou dou dou...
Douououou...
I want him...
An' I need him...
An'some day...
Some way...
Wou oh wouou...
Oh...
Oh...
I'll see him...

Bernie et Imelda firent un pas pour rejoindre Natalie. Elles chantèrent alors en chœur :

– *He'll be kind o' shy... Y...*

Imelda éclata de rire mais elles ne s'arrêtèrent pas.

– *An' real good lookin' too...*
Ouou...
An' I'll be certain...
He's my guy...

Cos the things...
He'll...
Like...
To...
Dooo...

– Tonnerre, rugit Joey Les Lèvres.

Une cymbale sauta de son support.

– *Like walkin' in the rain,* chanta Natalie.

– *Like walkin' in the rain,* répétèrent Bernie et Imelda.

Ensuite, elles réattaquèrent ensemble.

– *An' wishin' on the stars...*
Up above...
An' bein' so...
In love[1].

Si Outspan avait pété une seule corde, cela n'aurait eu aucune importance. Mais il en péta deux. Ils durent donc s'arrêter, le temps qu'il en remplace une et que Joey Les Lèvres l'accorde.

– C'était épatant, les filles, dit Jimmy. Bravo ! Le public vous mangera des frites dans la petite culotte.

– T'es vraiment obsédé, oui, complètement malade !

L'affaire tournait.

Il y avait bien des couacs, des disputes, un certain taux d'absentéisme, mais l'affaire tournait. Joey Les Lèvres savait les calmer. Peut-être à cause de son âge. D'ailleurs, ils connaissaient son passé. Ils

---

1. « Je l'aime/et j'ai besoin de lui/Un jour/d'une façon ou d'une autre/hou oh hou oh oh/je le verrai/... Il sera tout timide/et aussi très mignon/et je serai sûre/qu'il sera mon homme/à cause des choses/qu'il/aimera/faire/comme de marcher sous la pluie/comme de marcher sous la pluie/et de rêver sur les étoiles/là-haut/et d'être si/amoureux » *(NdT).*

avaient vu les photographies de Joey Les Lèvres en compagnie des rockstars :

Joey Les Lèvres et Otis Redding à cheval. Dans le ranch d'Otis, précisa Joey.

Joey Les Lèvres sur scène, allongé sur le dos, et derrière lui, les jambes de James Brown, dont l'une était floue.

Joey Les Lèvres chevelu, en studio, avec Gladys Knight qui lui souriait, un casque sur la tête.

Joey Les Lèvres et Marvin Gaye, tous les deux en kippa et caftan, plantés devant un tas de décombres, à Detroit.

Il y en avait même une de Joey en compagnie de B.P. Fallon, Fallon avec le bras sur les épaules de Joey, et la moitié de la tête de Yoko Ono en arrière-plan.

Et puis Jimmy avait retrouvé le nom de Joey Les Lèvres dans les remerciements de quelques-uns de ses albums.

– C'est notre Joey ? avait demandé Outspan.

– Ouais, dit Jimmy.

– Putain, classe ! s'était exclamé Outspan.

Il avait lu la liste à Derek :

– Berry Gordy, Smokey Robinson, Lamont Dozier, Joey Irish Fagan, Steve Cropper, Martha Reeves, Diana Ross et notre Seigneur Jehovah – qui c'est, celui-là ?

Quand ils voyaient que Joey avait l'air content, ils savaient qu'ils allaient dans le bon sens. Et Joey avait toujours l'air content.

Du moins, Joey avait presque toujours l'air content. Mais il eut l'air atterré après que Dean eut trouvé Natalie en train de l'embrasser.

Dean ne les cherchait pas quand il les avait

trouvés. Il fermait la porte du garage et les deux autres se trouvaient derrière. Il tira la porte vers lui et ils étaient là. C'était Joey qui avait le dos au mur, ce qui parut bizarre à Dean quand il y repensa plus tard. Natalie fit un bond en arrière, laissant la main droite de Joey étreindre l'air. Dean s'apprêtait à rabattre la porte, mais Joey prit la parole. Natalie, elle, s'était ruée à l'intérieur.

– Ai-je l'air d'avoir changé ? demanda Joey.

– Non, Joey.

– Bon, bon. Parce que mon savoir-faire en a pris un sacré coup, mon brave Dean !

– Je, commença Dean, je... croyais que t'étais allé chercher des frites.

– Je suis parti, Dean.

Si c'était là un sous-entendu, une excuse ou un ordre, Dean ne le savait pas. Il mit les gars au courant dès qu'il rentra. Il ne cafardait pas ; il avait besoin de s'entendre raconter ce qu'il avait vu. Alors, il pourrait y croire.

– Tu déconnes ! s'écria Outspan.

– Authentique, affirma Dean.

– Où ? s'enquit Derek.

– Dehors, derrière la porte.

– Mais il ne fait même pas encore nuit !

– Je sais.

– Bon Dieu, ça alors !

– Putain de bordel de merde !

– HÉ, TOI ! hurla Deco à Natalie, qui était à l'autre bout du garage.

Natalie renseignait ses copines sur ce qui l'avait rapprochée de Joey.

– Et tu te la donnais avec Joey derrière la porte ?

– Va te faire foutre !

– Réponds-moi !

– Qu'est-ce ça peut te faire ? riposta Bernie.

– Mais t'es beaucoup plus grande que lui ! brailla Deco. C'est contre nature.

– Et alors ?

Aucun des garçons ne sut quoi répondre. C'était risible, mais aussi blessant. Natalie était une belle, une ravissante jeune fille, et plus jeune qu'eux. Joey Les Lèvres était un nabot déplumé qui frisait la cinquantaine. Et il portait des pantoufles...

Pendant quelques instants, les Commitments explosèrent.

Mais Jimmy se secoua. Il y parvint en passant du général au particulier. Ce n'était pas avec Imelda que Joey était sorti. C'était avec Natalie. Jimmy n'avait pas le béguin pour Natalie. C'était cool.

– On est dans un pays libre, les mecs, déclara-t-il.

– Mais de Dieu ! fit Derek.

– Ça ne se fait pas, dit Deco.

Il frappa le mur, pas trop fort.

Le regard de Billy allait de l'un à l'autre, guettant un quelconque signe d'espoir.

– C'est comme coucher avec son père, proféra-t-il.

– Quoi ? fit Dean. Tu parles de Nat ?... Oh ! Ouais, maintenant je te suis... Ouais.

Outspan posa une question à Dean.

– Avec la langue ?

– Qu'est-ce tu crois ?

– Je vais gerber !

– Putain, ce type est trop, commenta Derek.

– On se calme, les mecs, dit Jimmy.

Il frappa dans ses mains.

– Laissez tomber, allez... Joey est des nôtres.

– Mais merde, c'est un vieux !

– Il est pas comme les autres vieux.

– Il est exactement pareil.

– Est-ce que les autres vieux jouent dans des groupes ? objecta Jimmy. Est-ce que ton vieux a joué avec les Beatles ?

– Mon père a meilleur goût que ça !

Dean s'esclaffa.

– Écoutez, reprit Jimmy. Écoutez... Il est plus âgé que nous, d'accord. Mais il est pas marié n'oubliez pas. Donc il a autant le droit que nous de draguer une meuf. C'est de bonne guerre.

Il était sérieux.

– Jimmy a raison, intervint James. C'est horrible, mais vrai.

– Mais ce n'est pas... juste, tu trouves pas ?

– Sans doute n'est-ce pas juste, admit James.

– Bien sûr que c'est juste, merde ! riposta Jimmy. Vous auriez pu vous-mêmes essayer de la draguer, non ? Mais vous l'avez pas fait. Et Joey l'a fait. C'est de bonne guerre, merde !

– Mais enfin, s'entêta Derek.

Deco interpella les filles.

– Il t'a violée ? Parce que s'il a fait ça...

Les filles hurlèrent de rire.

– Sale con ! cria Natalie.

– Natalie est sortie avec LUI, dit Bernie.

Elles riaient encore.

– Mais pourquoi ? demanda Outspan avec douceur. Mais pourquoi, Natalie ?

– Espèce de salope ! vociféra Deco.

Ils se retournèrent tous contre lui. Jimmy le montra du doigt.

– Toi, mets-la en veilleuse.

James et Derek retinrent Outspan. Dean vint à la rescousse. Outspan cessa de se débattre. Ils le lâchèrent. Alors Outspan sauta sur Deco. Les autres le tirèrent en arrière. Il se laissa faire. Il avait montré sa façon de voir.

James avait un examen de psycho qui l'attendait dans quelques semaines.

– Tu as fait du gringue à Joey, Nat ? demanda-t-il.

– Ouais, absolument.

Les filles continuaient à se gondoler.

– Ça vous dégoûte, c'est ça ? ironisa Imelda. Elle l'aime bien, bande de nuls !

– On l'aime tous bien, répliqua Outspan. Mais nous, on se bat pas pour sortir avec lui...

Tous se marrèrent. Outspan dut réfléchir avant de comprendre pourquoi, mais ensuite il sourit.

Natalie aussi souriait.

– Non.

Elle pouffa de rire.

– Mais il est mignon... Il est drôle.

– Et il a fait tellement de choses, renchérit Bernie.

– Ça y est ! s'écria Deco. Hé ! ça y est ! Merde, c'est une groupie.

– Eh ben, qu'est-ce t'as fait, toi ? rétorqua Bernie. À part te branler...

– Bernie ! la rabroua Imelda.

– Eh ben ! se défendit Bernie.

– Merde, c'est une groupie. Juste parce qu'il... Sans déconner ! C'est pathétique, ouais !

– Tu sortirais bien avec Madonna, non ? lança Natalie. Non ? Bien sûr que si.

– Elle est pas aussi derrière la porte du garage, des fois ? ricana Billy.

– Ou avec Joan Collins..., suggéra Imelda. Et elle a cinquante piges.

– Elle est plus vieille que ça, dit Dean.

– Je me ferais bien Joan, dit Jimmy. Je dois le reconnaître.

– Tina Turner est une mémé, poursuivit Natalie. Tu sortirais avec elle, non ?

– Bof, il est déjà sorti avec sa propre mémé, lâcha Billy. Il peut aussi bien tenter le coup avec Tina...

– Et la présentatrice, à la télé, lança Imelda. Tu te la taperais bien juste parce qu'elle présente les nouvelles...

– Il hésiterait pas à sortir avec Bosco [1], dit Outspan.

Quand Joey ouvrit la porte, ils se marraient.

– La nourriture de la soul, annonça Joey.

Ils s'arrêtèrent de rire et, l'air gêné, détournèrent les yeux de Joey.

– C'est un mec super, ce Joey, dit Outspan. J'ai les crocs. J'ai rien bouffé depuis le déjeuner.

Jimmy agrippa Deco par le bras.

– Toi, tu la fermes ! Tu la fermes, tu m'entends ?

Deco dégagea son bras.

– Ouais, je suis pas sourd.

– Tu es un sacré petit vicelard quand même, pas vrai, Joey ? dit Billy.

Ils riaient sous l'effet conjugué du choc et de l'embarras.

– La libido du musicien soul, mon frère, expliqua Joey Les Lèvres.

Les Commitments disposaient déjà d'environ un quart d'heure de chansons dont ils pouvaient venir à bout sans trop se planter. Parfois, ils étaient capables de jouer très mal, mais la plupart ne s'en rendaient pas compte. Ils étaient contents.

Joey Les Lèvres leur dit qu'ils étaient prêts pour les morceaux funk plus rapides, pour de la musique plus difficile.

– Super !

---

1. Présentateur de télé pour enfants *(NdT)*.

Sans l'avouer, Joey voulait détendre Dean, lui apprendre à swinguer. Dean était le seul à en baver. Il se tenait raide comme un piquet et, même s'il n'avait eu jusque-là tout au plus que trois ou quatre variations de notes par chanson, elles arrivaient trop vite pour lui et les autres l'entendaient encore s'excuser pendant qu'ils continuaient à jouer.

Un morceau plus funk obligerait Dean à se déboutonner. Ça lui ferait du bien.

Deco était surexcité. Enfin, il allait avoir l'occasion de se déchaîner. Il sautait sur place. Il s'était mis à porter des pantalons de survêtement pendant les répétitions. Il avalait des cuillerées de miel dès qu'on n'avait plus besoin de lui.

– Allez, allez, criait Deco. On y va !

– Qu'est-ce qu'on attaque, Joey ? demanda Outspan.

Jimmy tendit les paroles aux filles et à Deco.

– « Knock on Wood ».

– Génial !

– Celle-là, je la connais, dit Imelda.

– Pas la version disco, précisa Jimmy.

– Aaaah !

– Que dalle, répliqua Jimmy. Billy, sers-toi du gros bout de tes baguettes pour ce morceau.

– Oui, m'sieur.

Ils écoutèrent la cassette d'Eddie Floyd.

– Toi et moi, tous les deux, Dean, dit Joey Les Lèvres. Montrons à ces poseurs ce dont est capable une section de cuivres...

– Doux Jésus, Joey, je ne sais pas !

Outspan trouva un accord, le plaqua.

– *Zing zing...*

– Ça va à peu près, Joey ? demanda-t-il.

– À peu près... Maintenant, Dean, fais-moi crier cette chérie.

– Comment ?
– Nous avons déjà joué ce morceau ensemble.
Joey Les Lèvres porta la trompette à sa bouche.
– *Douou...*
Dou...
Douou...
– Tu te rappelles ?
– Ah, ouais.
– Bravo... OK... C'est un téton que tu as là.
– Si c'était vrai...
– Prêt ?
– Je crois.
– *Douou...*
Dou...
Dou... daaaa...
Daa...
Daaaa...
– Bon, bon, dit Joey Les Lèvres. Et c'est là que Deco fait son entrée. Êtes-vous prêts, les gars ?
Ils étaient prêts.
– Et un, et deux...
Joey Les Lèvres et Deco rejouèrent l'intro.
Billy se joignit à eux.
– *Boum... doum doum doum... boum... doum doum doum...*
– *I don't wanna lose...* han !...
– Stop.
– Pourquoi ?... Qu'est-ce qui cloche ?
– Frère Deco, dit Joey Les Lèvres, garde tes han ! pour plus tard, d'accord ? Nous n'avons aucune envie de nous aliéner notre public blanc.
– *I don't wanna lose...*
Outspan :
– *Zing zing...*
– ... *This good thang...*

Billy :

– *Boum... doum doum doum*

Deco :

– *... That I've got...*
If I do...

– *Dou da douou,* soufflèrent Joey Les Lèvres et Dean, avec beaucoup de bonheur.

– *... I would surely...*
Surely lose the lot...

Dean s'épongea le visage.

– *... Cos your love...*

– *Zing zing...*

– *... Is better than...*

– *Boum doum doum doum*

– *... Than any love I know-ow...*

Les Commitmentettes se joignirent au reste du groupe.

– *It's like thunder...*

– *Dou ou ouou,* tonitruaient les cuivres.

– *The way you love me is frightnin'...*
I'd better knock...

Billy :

– *Boum boum boum boum*

– *... On wood... ba-by*[1]*...*

Les cuivres :

– *Douou*
Dou
Dou daaa
Da
Daaa...

---

1. « Je ne veux pas perdre/ce bon truc/qui m'arrive/Si je le perds/je perdrais sûrement tout/Oui, tout/Parce que ton amour/est plus beau/que tous ceux que je connais/C'est comme le tonnerre et les éclairs/Ta manière de m'aimer m'effraie/Je ferais mieux de toucher/du bois... chérie » *(NdT).*

Dean ne dormit pas très bien cette nuit-là.

Il était allé au bout de son solo dans « Knock on Wood ». Quand ils l'avaient rejoué pour la troisième fois avant de rentrer chez eux, Dean avait arqué le dos et pointé son sax vers le plafond. Il s'était cogné le nez, mais ç'avait été super. Il attendait avec impatience la prochaine répétition.

La fois d'après, trois jours plus tard, les Commitments furent plus détendus, plus percutants aussi.

– *NOW I AIN'T SUPERSTITIOUS*, éructait Deco.

– *Zing... ang zing*, sonnait la guitare d'Outspan.

– *... About you...*

Billy :

– *Boum... doum doum*

... But I can't take no chance...

Outspan :

– *Glinglin zing... ang zing...*

– *You've got me spinnin'...*
You brasser...
Baby...
I'm in a trance...

Les Commitmentettes levaient les bras et claquaient des doigts en attendant leur tour. Derek pliait les genoux pour mieux s'acharner sur sa basse. Dean portait des lunettes noires. De temps en temps, James frappait les touches de son piano avec les coudes. Son initiative plut à Joey Les Lèvres qui leva le pouce. Jimmy, souriant, remuait des épaules.

– *It's like thunder...*

Les cuivres :

– *Dou ou ou...*

– *... Lightnin'...*

Les cuivres :

– *Daaaaaa...*

– *It's very fuckin' frightnin'...*
I'd better knock...
Billy :
– *Boum boum boum boum*
– ... *On woo-o-ood... baby-y-y-y* [1]...
Les Commitmentettes :
– *Oh oh oh...*
Les cuivres :
– *Douou...*
Dou...
Dou... da...
Da...
Daaaa...

Une semaine après, les Commitments marquèrent une pause. Jimmy discutait avec Joey Les Lèvres.

– Tu es déjà allé dans un des pubs du coin ?

– Non. Ce n'est pas mon truc.

– On préfère des endroits un peu plus tranquilles, pas vrai, Joey ? commenta Natalie.

– Comme derrière la porte du garage ? fit Jimmy.

– Je t'emmerde !

Natalie alla retrouver Imelda, Bernie et Derek.

Joey Les Lèvres regarda Jimmy droit dans les yeux.

– Sauve-moi.

– Comment ?

– Sauve-moi. Tu as devant toi un homme qui cherche le salut.

– De quoi tu parles ?

---

1. « Bon, je ne suis pas superstitieux/en ce qui te concerne/mais je ne peux pas prendre de risques/Tu me fais tourner la tête/espèce de petite effrontée/Chérie/je suis en transe/C'est comme le tonnerre/et les éclairs/C'est vraiment effrayant/Je ferais mieux de toucher/du bois... chérie » *(NdT).*

Joey regarda derrière lui.

– Cette meuf me rend fou, avoua Joey. Elle ne veut pas me lâcher.

– Je crois que c'est la première fois que je t'entends dire meuf, Joey.

– Elle ne veut pas me laisser tranquille.

– Eh ben, Joey, tu n'aurais pas dû sortir avec elle, alors...

– Je n'avais pas le choix, frère, souffla Joey Les Lèvres. Elle m'a cloué au mur avant même que j'aie pu sauter sur ma bécane.

– Et l'aïkido du musicien soul dont tu parlais ?

– Mais, qu'est-ce que c'est que cette odeur ?

– Quelle odeur ?... Attends.

– De l'herbe, accusa Joey Les Lèvres.

Les sourcils froncés, il regarda autour de lui.

– C'est du hasch... Hé, cria Jimmy, qui fume du hasch ?

– Moi, répondit Billy.

Deco, Outspan, Derek et James étaient avec lui, devant le piano.

– Pas question, Billy... Pas question.

– Quoi ? s'exclama Billy.

Le joint, un vrai travail d'amateur, s'immobilisa sur le chemin de sa bouche.

– Éteins-moi ça, ordonna Jimmy.

– Et pourquoi ? s'insurgea Deco.

C'était lui, le suivant.

– Ça bouffe les neurones.

– Jimmy, objecta James. Il est médicalement prouvé...

– Lâche-moi une minute, James, excuse-moi, le coupa Jimmy. Tu ne pourras plus jouer.

– On jouera mieux, objecta Deco.

– Ça va t'abîmer la voix.

Deco la ferma, le temps de décider si c'était vrai.

Billy tira une longue bouffée et tendit le joint aux éventuels amateurs.

– RECRACHE-MOI ÇA, BILLY, rugit Jimmy.

Billy exhala la fumée.

– Je meurs si je le fais pas, espèce de con !

Il tendait encore le joint en l'air, du bout des doigts.

– Qu'est-ce qu'il y a de mal à ça ? demanda Outspan.

Jimmy réfléchissait. Ce qui l'avait d'abord contrarié, c'était qu'ils ne lui avaient pas demandé l'autorisation avant de l'allumer. Il lui fallait trouver une meilleure raison.

– Primo, vous êtes déjà à peine capables de tenir vos instruments quand vous êtes sobres, commença-t-il.

– Première nouvelle !

– Tu es en train de dire que je sais pas chanter, coco ?

– Secundo, reprit Jimmy, on est un groupe soul. Ne l'oubliez pas... Pas un groupe pop ou un groupe punk, et surtout pas un putain de groupe hippie... Nous sommes un groupe soul.

– Qu'est-ce tu veux dire par NOUS SOMMES ? insista Deco.

– Ta gueule !

L'interruption arrangeait Jimmy. Elle lui donnait le temps de trouver autre chose.

– Si vous n'êtes pas contents de ma manière de faire les choses, alors...

– On t'aime, Jimmy. Reste.

– D'accord... Où en étais-je ?... Ouais. On est un groupe de soul. On veut bien ramasser un peu de fric, mais on a nos principes. Il n'y a pas que l'argent. Il y a la politique aussi, n'oubliez pas. Nous sommes censés apporter la soul à Dublin. On ne peut pas faire ça et en même temps fumer du hasch.

– C'est que du hasch.

– La pointe d'une saloperie d'iceberg, Billy. Les drogues tuent Dublin. La soul n'est pas la drogue.

– Et l'alcool ?

– C'est différent, affirma Jimmy. J'y vois pas d'inconvénient. La classe ouvrière a toujours eu sa bière.

– La Guinness est la nourriture de la soul, déclara Joey Les Lèvres.

– Mon cul, Jimmy, répliqua Outspan.

– Écoutez, s'entêta Jimmy. Sans déconner, on ne peut pas prétendre jouer la musique du peuple si on bricole avec la drogue. On doit être contre la drogue. Antidrogue. L'héroïne et le reste...

– Ouais, mais...

– Regarde ce qui est arrivé au frère de Derek.

– Laisse mon frère en dehors de ça, se rebiffa Derek.

Il criait presque.

– D'accord, excuse-moi. Mais vous savez ce que je veux dire...

– Qu'est-ce qui est arrivé au frère de Derek ? voulut savoir Billy.

– Laisse tomber.

– Qu'est-ce qui est arrivé à ton frère ?

– Laisse tomber, Billy.

– Je posais la question, c'est tout.

– De toute façon, poursuivit Jimmy, est-ce que vous êtes d'accord avec moi ?

– Oh ! ouais... Bien sûr, mais...

– On va se procurer une banderole L'HÉROÏNE TUE pour tendre derrière la batterie, conclut Jimmy.

– Attends, objecta Deco. Et les Noirs américains,

les vrais parents de la soul, qu'est-ce t'en fais ? Ils fument tous du hasch... Pire.

Là, c'était le domaine de Joey Les Lèvres.

– Faux, mon frère. Les vrais frères soul disent non à l'herbe. À toutes les drogues... La soul dit non.

– Et Marvin Gaye ?

– Eh bien quoi, Marvin Gaye ? répliqua Jimmy.

– Il est mort d'une overdose.

– C'est son paternel qui l'a tué d'un coup de fusil, espèce de crétin !

– Une overdose de balles, ricana Billy.

– Et Sam Cooke, alors ? contre-attaqua Deco.

– Je ne sais pas ce qui lui est arrivé. Joey, tu le sais ?

– Il est mort dans des circonstances très mystérieuses. Une histoire de femme.

– T'en as assez dit.

– Je suis certaine qu'il l'a cherché, commenta Imelda.

– Et Phil Lynott, cita Deco.

– Tu me gonfles ! s'énerva Jimmy. Il n'a rien à voir avec la soul.

– Mais il était noir.

– Ah, va te faire foutre et ne m'emmerde pas ! Sors de ma vie. En tout cas, vous êtes d'accord pour le hasch ? Et pour l'héroïne aussi ?

– Ouais.

Tous hochèrent la tête ou restèrent silencieux.

– Est-ce qu'on peut fumer après la répète, Jimmy ? demanda Billy.

– Ouais, bien sûr. Sans problème.

Encore une semaine plus tard.

James était en retard, aussi Joey Les Lèvres allait

mettre Deco à l'épreuve sur une nouvelle chanson, « Out of Sight » de James Brown.

– Tu es sûr de la connaître maintenant ?

– Ouais.

– Alors, on y va. Et un...

Deco porta ses mains à ses oreilles.

Outspan donna un coup de coude à Derek.

– Sale glandeur.

Deco se mit à chanter.

– *You got your high-heeled sneakers on...*
Your stuff is new...
You got your high-heeled sneakers on...
Simon Harts...
Your gear is new...
You're more than alrigh... righ... righ'
You know...
You're ou' o' sigh'[1]... Merde !

Jimmy était arrivé sur ces entrefaites. Il montra qu'il voulait que les Commitments remarquent sa présence en lançant une boîte vide de Seven-Up à la tête de Deco.

– À quoi ça rime ? hurla Deco.

– Je ne te sens pas, répondit Jimmy... Et puis j'ai des nouvelles pour vous.

– Alors tu *m*'as frappé ?

– Ça t'a pas fait mal, et mes nouvelles t'en feront pas non plus.

– Oh oh ! s'écria Imelda. Ça m'a l'air intéressant.

– Pas qu'un peu, Imelda, pas qu'un peu. Mais tu es ravissante, ce soir.

– Merci, Jimmy. Et toi, tu es toujours aussi moche.

---

1. « T'as mis tes chaussures à talons hauts/Ton attirail est neuf/T'as mis tes chaussures à talons hauts/Des Simon Harts/Ton barda est neuf/T'es plus que superbe/tu sais/T'en fiches plein la vue » *(NdT)*.

– Les nouvelles, s'impatienta Joey Les Lèvres.
– On va d'abord avoir droit à l'Angelus ou quoi ? ironisa Outspan.

James fit son entrée.

– Désolé. J'ai crevé.

– Jimmy a des nouvelles, James, l'informa Bernie.

– Mais il les garde pour lui, ajouta Imelda. (Et elle chanta la suite :)... *Parce que c'est un enfoiré.*

– Vous êtes prêts ?

– Ah, arrête, Jimmy.

– Bon, je me suis activé ces deux derniers soirs.

– Bougre de cochon, lança Deco.

Billy lui donna une bourrade.

– J'étais en pleines négociations, expliqua Jimmy.

– Avec une Caroline !

– Tu vas devenir sourd.

Ils ricanèrent, mais pas très longtemps.

– Je vous ai trouvé une salle pour notre premier concert.

– Putain, génial !

Sourires et applaudissements.

– Quand ?

– Demain en huit.

– Merde, alors !

– On peut pas changer la date, expliqua Jimmy. Parce que l'animateur de bingo – vous le connaissez, c'est Hopalong – il entre à l'hôpital à la fin de la semaine pour se faire faire une dialyse ou je ne sais quoi. C'est le seul soir où la salle est libre.

– Le foyer paroissial ?

– Ouais.

– Cette piaule pourrie !

– Petit poisson deviendra grand, frères et sœurs, dit Joey Les Lèvres.

– Barrytown Square Garden, quoi ! fit Outspan.

– Attendez, intervint Derek. Arrêtez de le vanner. C'est bien pour un début... Merci, Jimmy.

– Ouais. Merci, Jim.

– Les doigts dans le nez.

– Nous apportons la musique au peuple, dit Joey Les Lèvres. Nous allons vers lui. Nous allons dans le foyer paroissial. C'est ça, la soul.

– Mais personne n'y va, Joey, protesta Outspan. Sauf les vieux qui jouent au bingo.

– Et le club de foot. Ils se changent là, dit Derek. Et aussi l'amicale de l'opérette, et les lazaristes.

– Et Hopalong, ajouta Natalie.

– Il s'envoie votre patronne de la boutique, Colette, vous étiez au courant ?

– C'est pas vrai, répliqua Bernie.

– Si, c'est vrai !

– Seigneur, c'est dégoûtant.

– Pas étonnant qu'il boite, hein ?

– Notre premier concert, murmura Dean. Notre premier concert...

– À qui t'a-t-il fallu parler pour la salle, Jimmy ? s'informa James.

– Au père Molloy.

– Oh, merde ! Père Patrick, dit Outspan. Le prêtre chantant, expliqua-t-il à ceux qui n'étaient pas de Barrytown.

Derek entonna :

– *Mornin' has*
Broke-en
Like the first
Mor-or-ornin'
Blackbird on
Tree top

Has had its first crap[1]...

– La messe traditionnelle, expliqua Outspan aux autres. Affreux, affreux !

– Ah, ouais, dit Billy. C'est là d'où tu t'es fait jeter ?

– C'est ça, acquiesça James.

– Est-ce qu'il t'a sodomisé, Jimmy ? demanda Outspan.

– Non. Il s'est contenté de passer ses doigts dans mes boucles.

– Aah ! ! ! Arrête ! cria Natalie.

– Combien ça va coûter ? s'informa Deco.

– Rien.

– Mais c'est super !

– Comment ça ?

– Je lui ai raconté qu'on participait à la campagne antihéroïne.

– T'es gonflé quand même !

Ils se reculèrent tous pour admirer Jimmy.

– Mais c'est vrai, dit Jimmy. On aura notre banderole L'HÉROÏNE TUE. Mon petit frère, Darren – un chieur de première ! –, il va la préparer à l'école, comme « projet artistique ». Plus quelques posters pour les murs et d'autres trucs...

– Bravo, Jimmy !

– Mais il y a un hic, reprit Jimmy. J'ai promis au père Molloy qu'on chanterait une messe traditionnelle pour lui.

– Que dalle !

– Je vannais... Les *Northside News* envoient quelqu'un pour nous voir. Avec un photographe.

– Comment t'as fait ?

– Je les ai contactés. Je leur ai téléphoné.

---

1. « Le jour s'est/levé/comme au premier/jour/Sur la cime de l'arbre/le merle/a fienté pour la première fois... » *(NdT)*.

– Bon Dieu, chapeau !
– J'aurai honte, gémit Bernie.
– J'ai pas assez d'économies pour me payer un costume, avoua Derek.
– On peut les louer pour cette fois, suggéra Jimmy... On récupérera du fric à la sortie.
– Du fric ! s'exclama Billy. Espèce de hippie, va !
– Ta gueule !
– Bon, mes frères et mes sœurs, intervint Joey Les Lèvres. Un ban pour notre manager, frère J. Rabbitte, et un autre ban pour les reins de frère Hopalong...
Les Commitments applaudirent.
– Les reins de frère Hopalong sont soul !

Les Commitments répétèrent tous les soirs de la dernière semaine. Ils se mettaient à hurler et à secouer la tête dès que l'un d'eux se trompait et qu'ils devaient reprendre au début. Mais Joey Les Lèvres leur évitait les états de panique. Pendant cette semaine-là, il répéta souvent « Du calme, du calme ».
– Du calme, mon pote, disait Joey Les Lèvres.
Deco venait d'agonir Billy, qui venait, lui, de renverser sa caisse claire.
– Merde, Joey, il est taré ! cria Deco.
– Joey, se défendit Billy. Je l'ai déjà dit, c'est un risque à prendre. Ça fait partie de mon style. Ce genre d'accidents peut arriver. Je t'avais prévenu...
Il s'adressa alors à Deco.
– Et écoute un peu, toi, George Michael. Si tu me traites encore de taré, tu rentreras chez toi avec une baguette dans ton trou. Pas celui avec lequel tu chantes...
Il commença à redresser sa caisse.

– Celui avec lequel tu parles !
– Ce sera ta fête ce jour-là, mon pote.
– Tu vas voir, je te préviens.
– Peut-être...
– Tu regretteras de ne pas avoir ta vaseline sur toi, la prochaine fois. On peut reprendre maintenant, oui, s'il vous plaît ?
– *Boum... Tchoukoutoum tchoukoutoum tchoukoutoum*
Boum... Tchoukoutoum tchoukoutoum tchoukoutoum
Les cuivres :
– *Douou... Dou douou...*
Douou dou douou...
Da...
Dou dou douou...
Outspan et Derek enchaînaient.
– *Doum tagada doum tagada doum tagada doum...*
Les cuivres :
– *Douou... Dou douou...*
Douou dou douou...
Da...
Dou dou douou...
– *Ooh when you fe-el like*
you can't go... oh on...
Les Commitmentettes :
– *Can't go on...*
– *Just cos all o'your hope is... gone* [1].
– Et merde ! Qu'est-ce qui se passe maintenant ?
– J'ai encore cassé une corde, avoua Outspan.
– Va te faire foutre avec ta corde !
– On se calme, dit Joey Les Lèvres.

---

1. « Oh ! quand t'as l'impression/de ne pas pouvoir continuer/... De ne pas pouvoir continuer/Juste parce que t'as perdu tout espoir... » *(NdT)*.

Un petit saxophone ornait les quatre coins de l'affiche. Samedi 24 mars, lisait-on en haut, en travers.

Au Foyer paroissial,
Le Groupe Le Plus Bosseur Au Monde,
Les Sauveurs de la Soul,
LES COMMITMENTS. Entrée : 2 livres.
(Chômeurs : demi-tarif.)
La Musique du Peuple au Peuple !

– Je le déteste, ragea Billy.
– On le déteste tous, dit Jimmy.
– Vraiment, je veux dire... Je le déteste vraiment.
– On le déteste tous, je viens de te le dire.
– Au point de le tuer ?
– Peut-être pas.
– Moi, je le tuerais, merde ! Je le tuerais.
– Qui chantera alors ?
– Bonne question.

– C'est dommage qu'on joue pas des morceaux à nous, vous trouvez pas ? lança Outspan, lors d'une pause.

– Ouais.

– Un morceau n'appartient à personne, déclara Joey Les Lèvres. C'est le Seigneur qui a le copyright de tous les morceaux.

– Mon cul ! répliqua Outspan.

– On a toujours nos variantes dublinoises, dit Derek.

– Exact.

– Nous allons avoir besoin d'un frère pour la sono, dit Joey Les Lèvres.

– On l'a, répondit Jimmy.

– Qui ?

– Moi.

– Bon, bon.

– Tu t'y connais ? s'enquit Outspan.

– Je vous emmerde tous, riposta Jimmy... Mais j'ai eu mention TB en sciences, en première année.

Deco avait déjà acheté son costume. La chemise et le nœud papillon, il les acheta le jeudi avant le concert. Les autres membres du groupe se débrouillèrent pour aller en ville louer leurs costumes.

Joey Les Lèvres fit nettoyer un de ses smokings. Dean rampa sous son lit et retrouva celui qu'il avait jeté dessous. Il mit le veston à tremper jusqu'à ce que les salissures soient presque toutes parties. Puis il l'apporta chez le teinturier.

Ils achetèrent ou empruntèrent des pompes noires et les cirèrent.

Vendredi avait lieu une répétition en costume.

Joey Les Lèvres était déjà habillé quand arrivèrent les autres Commitments.

– Oh, bon Dieu, Joey, dis donc ! s'écria Outspan.

– On dirait Dickie Davis, commenta Dean.

– Je n'ai pas l'honneur, rétorqua Joey Les Lèvres, mais j'accepte le compliment. Merci, mon frère.

– T'es superbe, Joey, dit Imelda.

– Joey ? fit Outspan. Comment tu fais pour arranger ta pochette comme ça ? J'y arrive pas avec la mienne.

Joey Les Lèvres conduisit les filles dans la cuisine

pour qu'elles puissent se changer. Les garçons, eux, se changeaient dans le garage. Il y eut beaucoup de vannes sur les caleçons et le reste. Aucun d'eux ne jouait au foot ; il y avait donc pas mal de temps qu'ils ne s'étaient pas habillés dans ces conditions. Ça les fit bien rigoler.

– Nom de Dieu ! Regarde-moi ces traces de gras.

– Lâche-moi.

– Viens ici que je te monte, ma louloute, oui, toi...

– Lâche-moi, tu veux ?

– Où il est passé ? s'exclama Outspan.

– Quoi ?

– Mon manche. J'aurais juré que je l'avais fourré dans ma chaussette avant de sortir.

James mit aussi son grain de sel.

– Savez-vous quel est le mot latin pour le gourdin que vous avez là ?

On frappa à la petite porte de la cuisine.

– On peut entrer ? demanda Imelda.

Les garçons poussèrent des hourras et échangèrent coups de poing et coups de pied.

Deco empoigna son entrejambe à deux mains (bien qu'une seule eût pu suffire) et rugit :

– J'ai un instrument ici sur lequel tu peux pomper, Imelda.

– Je t'emmerde, brailla Natalie.

– Bon Dieu, Cuffe, du calme, merde !

– Moi, j'ai un cul ici que tu peux bécoter, cria en réponse Imelda, depuis l'autre côté de la porte. On peut entrer ?

– Non.

– Entrez, mes sœurs.

– Bon, on entre.

Deco poussa de nouveaux hourras.

Imelda venait en tête (« Bon Dieu de merde ! ») ;

suivaient Natalie (« Chapeau, les filles ! ») et enfin Bernie.

– J'ai honte, gémit Bernie.

Les filles étaient craquantes : jupes noires très serrées qui leur arrivaient à peine au-dessus du genou, avec un pli derrière pour leur permettre de marcher, corsages noirs sans manches, cheveux relevés à l'exception de la frange, aussi proches des Ronettes que possible, talons hauts noirs, des tartines d'ombre à paupières noire, rouge à lèvres très rouge.

Elles en étaient cramoisies.

Joey Les Lèvres applaudit tandis que Jimmy prenait la parole :

– Eh bien ! Comme dit James : Ça veut rien dire sans les femmes...

– Je n'ai jamais dit ça, protesta James.

– James Brown, ducon !

Les filles admirèrent les smokings des garçons. Tous gloussaient et rougissaient à qui mieux mieux.

Joey Les Lèvres disposa les pochettes de poitrine de ses collègues.

Une des jambes de pantalon de Billy était plus longue que l'autre.

– Ah, merde ! s'écria-t-il.

Il prit un air dépité.

– Tu seras derrière ta batterie.

– On verra quand même mes jambes !

– Je te referai l'ourlet demain, proposa Natalie.

– C'est vrai ? Merci.

Ils jouaient mieux en costume. Ils étaient plus concentrés, et plus prévenants. L'habit de Deco semblait le fixer davantage à un endroit précis. Tant mieux. Avec son survêtement, il sautillait autour du garage, toujours dans les jambes des autres, à qui il tapait sur les nerfs. Dean échangea son veston avec Jimmy.

– Pourquoi tu t'es mis en costume, toi ? demanda Outspan à Jimmy.

– La soul, c'est la dignité, répliqua Jimmy.

– Voici un sacré grand groupe, clama Outspan. Je ne vous dis pas ! Merde, même les nounous portent le smoking...

– Je ne suis pas ta nounou, rétorqua Jimmy. Je suis ton manager, vieux !

– Et ne l'oublie jamais, menaça James.

– Il a raison ! acquiesça Jimmy.

Le veston de Jimmy était plus ample et Dean pouvait même lever son sax. Billy ne renversa aucun des éléments de sa batterie.

Joey montra à Jimmy comment on se servait de la table de mixage.

– Alors tout ce que j'ai à faire, c'est de monter ou de baisser ces messieurs quand le son est un peu bancal ?

– C'est exact, répondit Joey.

– Mais c'est génial ! C'est pas difficile. N'importe quel crétin en est capable. Comme ça, je pourrais même draguer quelques meufs, hein ? Qu'est-ce que t'en penses ? Les éblouir avec ma science, quoi !

– Ça peut marcher, dis donc. Ça peut marcher.

Ils terminèrent de bonne heure, remirent leurs vêtements civils et allèrent boire un verre.

Le coup d'envoi était à sept heures et demie.

Les Commitments étaient convenus de se retrouver au local à six heures. Jimmy y était à cinq, son smoking caché sous un ciré qu'il ne mettait plus depuis qu'il avait quitté le lycée.

Billy arriva peu après en compagnie de Dean. Billy avait pris la camionnette de la boîte. Ils déchargèrent le matériel, mais laissèrent le piano droit de la mère de Joey dans le camion, en attendant l'arrivée des autres pour se faire aider.

À cinq heures et demie, le concierge apparut à une porte située près de la scène.

– Qu'est-ce vous voulez ? demanda-t-il.

Il aperçut alors la batterie.

– Mais ça n'a rien à voir avec le bingo !

– Il n'y a pas de bingo ce soir, mon pote, dit Jimmy.

– Pourtant, on est bien samedi, objecta le gardien.

Il sortit son *Irish Press* de la poche de son veston et vérifia la date.

– Ouais... Samedi.

Jimmy expliqua :

– Hopalong, le type qui annonce les numéros, est à l'hôpital et le père Molloy nous a dit qu'on pouvait disposer de la salle pour la soirée.

– Il m'en a pas parlé. Alors vous pouvez enlever vos bongos de la scène, et le reste de votre bazar avec, et me ficher le camp. En ce qui me concerne, il y a bingo ce soir. Tant que je ne suis pas officiellement avisé du contraire...

– Et pourquoi tu ne vas pas lui poser la question ? insista Jimmy.

La maison du père Molloy était juste de l'autre côté de la route.

– Je n'irai pas, s'obstina le gardien. Ce n'est pas mon boulot d'aller lui poser la question.

– Et c'est quoi, ton boulot ? s'enquit Billy.

– Je suis gardien, répondit le gardien.

– T'es pas très efficace, pas vrai ? poursuivit Billy. Vu l'état des lieux...

– La ferme une minute, Billy, le rabroua Jimmy. Écoute... Si moi je vais voir le père Molloy, ça ira ?

– Il faudra d'abord enlever votre matériel. Je ne veux rien ici dedans tant que je ne suis pas officiellement informé.

Jimmy lança un regard à Billy et à Dean.

Ils se mirent à rassembler la batterie.

– C'est sur l'argent de la quête que t'es payé, lança Billy au gardien.

– Ce qui est sûr, c'est que je n'irais pas très loin avec ce que tu dois donner à la quête ! rétorqua le gardien.

– Eh ben, t'auras dix pence de moins à partir de maintenant.

– Compte vingt de moins, renchérit Dean.

– Aucun problème, riposta le gardien. Moi-même, je donne cinquante pence. Maintenant, j'en donnerai que trente.

Ils commençaient à s'apprécier mutuellement. Le gardien porta deux pieds de micro à leur place.

– C'est la planque, dis donc, non ? reprit Billy.

– Quoi ?

– Ton boulot.

– Oh, ça peut aller, reconnut le gardien. Je fous pas grand-chose, pour être honnête. Je surveille les femmes qui cirent le parquet tous les mardis, je sors les sièges pour le bingo. Et puis j'ouvre aussi les fenêtres pour évacuer l'odeur des footballeurs. C'est à peu près tout... Attention, la paye est inexistante...

– Je m'en doute, dit Billy.

Il prit une cigarette dans le paquet que le gardien lui tendait.

– Les gars du foot puent plus que les Celtes, observa le gardien. Je pense que c'est parce que les mères des footballeurs ne lavent pas leurs affaires.

– Les mères celtes sont des pedzouilles, déclara Dean. Elles passent leur temps à faire la lessive !

– C'est tout à fait vrai, acquiesça le gardien. Vous voulez que je sorte les sièges ?
– Non, répondit Billy. C'est un concert debout.
– Ça sera super. Je vais rentrer en douce chez moi pour regarder *Jim'll Fix It.* Vous serez tranquilles un moment.
Jimmy revint.
– Le père Molloy dit que c'est d'accord.
– Magnifique, dit le gardien. Je vais vous donner un coup de main pour réinstaller votre matériel... Je peux essayer la batterie, tu crois ?
– Sans problème.
– Je vais te montrer mon sax, proposa Dean.
– Oh, c'est gentil.
Le reste du groupe débarqua peu à peu.
Joey Les Lèvres et Bernie arrivèrent ensemble, main dans la main. Bernie portait un casque de moto.
– Merde, qu'est-ce c'est que cette histoire encore ! s'indigna Outspan.
– Occupe-toi de tes affaires, toi, rétorqua Imelda.
– Ce type est un chaud lapin, dit Outspan.
– Qu'est-ce t'as contre ? le rembarra Natalie.
– Je réfléchissais, frère Jimmy, déclara Joey Les Lèvres.
Les filles étaient dans la loge du gardien, en train de se changer. Le gardien, lui, était rentré chez lui. Les garçons étaient assis ou traînaient autour de l'estrade, surexcités, nerveux et mal à l'aise.
– Il nous faut un service d'ordre, des videurs.
– Tout est prévu, le rassura Jimmy.
– Comment ? s'informa Derek.
– Mickah Wallace va tenir l'entrée pour nous.
– Oh, nom de Dieu ! s'exclama Outspan.
Il avait une petite cicatrice au front, souvenir de Mickah Wallace.

– Ce con ? Il va se tirer avec la caisse.
– Non, affirma Jimmy. Mickah est réglo.
– C'est un vrai sauvage, dit Derek.
– Qui est-ce ? demanda Deco.
– Qu'est-ce que c'est, tu veux dire, corrigea Outspan.
– Il s'est fait virer de notre bahut, d'accord parce qu'il a cogné le censeur des filles, leur raconta Derek. Des filles, ouais ! Il lui a fait traverser la cour à coups de pied, quand elle l'a piqué en train de fumer et qu'elle a essayé de lui confisquer son paquet de clopes.
– Vous voyez ça, ici ?
Outspan croyait montrer sa cicatrice, mais son doigt était du mauvais côté.
– C'est lui qui me l'a fait. Il m'a jeté une pierre pendant un match. Il jouait goal et j'avais plus que lui à sécher, ce con ! Et il m'a jeté sa pierre.
– Seigneur !
– J'ai quand même marqué.
– Non, c'est pas vrai, objecta Derek.
– Si, c'est vrai.
– T'étais hors jeu.
– Non, j'étais pas hors jeu.
– Vos gueules, vous deux, trancha Jimmy. C'était il y a des années. On était tous des petits cons à l'époque.
Outspan n'avait pas encore terminé.
– Il est monté sur le toit de Mountjoy pendant son séjour là-bas, parce que le mec qui partageait sa cellule avait le sida, et il a bombardé les matons d'ardoises.
– C'est pas vrai, répliqua Jimmy.
– Si.
– C'est toi qui as prétendu que c'était lui ! C'est passé au journal télévisé, expliqua Jimmy aux autres.

Des taulards sur le toit. Et Outspan a dit que l'un d'eux était Mickah.

– Je l'ai reconnu.

– Ils s'étaient masqué le visage avec leurs pulls.

– J'ai reconnu le sien.

– Lâche-moi... Il est notre videur, un point c'est tout. Il sera parfait.

– Qui d'autre ? s'enquit Derek.

– On a besoin de personne d'autre, répliqua Jimmy. Personne fera le mariole face à Mickah.

James prit la parole.

– Mickah est OK.

– Comment tu le sais ?

– Je le vois assez souvent... Il m'a prêté des livres.

– Tu lis toujours des livres de cul, hein ? ricana Outspan.

– Ne t'amuse pas à dire ça devant Mickah, le prévint Jimmy.

– Si on faisait la balance, mes frères, suggéra Joey Les Lèvres.

Les filles sortirent de leur cachette.

– Vous couchez, vous ? susurra Deco.

Il tira la langue et l'agita dans leur direction.

– On t'emmerde, riposta Natalie.

Les membres masculins des Commitments se changèrent.

Il était sept heures. Le gardien revint.

– En costume ! siffla-t-il.

– Ouais, fit Jimmy.

– En smoking même !

– Tu trouves ça bien ?

– Oh, très élégant. Il y a longtemps, très longtemps que j'avais pas vu un groupe tout habillé pareil.

Il se dirigea vers les filles.

– Je connais ton père, lança-t-il à Imelda.

– Et alors ? répliqua Imelda.

Elle leva les yeux au ciel.

– Tu es bien sa fille, dit le gardien... Une petite effrontée...

Mickah Wallace arriva à son tour.

– Ça va, Mickah ? dit Outspan.

– Ouais. Et toi ?

– Ouais.

– Guitariste, hein ?

– Ouais.

– Et t'es bon à la gratte ?

– Ça peut aller.

– Le meilleur, renchérit Jimmy.

Ceux qui n'étaient pas de Barrytown étudièrent Mickah. Il ne correspondait pas à ce qu'ils attendaient : une énorme brute, un skinhead ou un débile, peut-être les deux à la fois. Ce Mickah était petit et sec, très agité. Même immobile, il ne tenait pas en place.

– Moi-même j'ai une petite voix qui est pas désagréable, tu sais, dit Mickah à Jimmy. Passe-nous ça, s'il te plaît, vieux.

Il s'empara du micro de Deco. Deco recula.

– T'en fais pas, lança Mickah. Je ne vais pas te piquer ton job !

Il se cogna le front avec le micro.

– C'est un bon micro, ça, du costaud. La qualité se fait rare de nos jours.

Il tapota le micro.

– Test un deux, test un deux... C'est le moment, mesdames et messieurs, s'il vous plaît.

Il tapota le micro une deuxième fois.

– Et voici Ben Nevis qui fait son entrée sur le côté de la scène, Lester a dételé. Venez, Ben Nevis, venez, venez. Merde ! Il est tombé et il a cassé sa pipe.

Ils n'osaient pas rire.

– Maintenant je vais chanter pour vous.

Il toussota.

– *Red red...*

Why...

You don't...

Stay close to...

Me-e-e...

Yeah[1]... Qu'est-ce qu'il y a après ? (Il rendit le micro à Deco.) Comment va, James ? dit-il. T'as lu le bouquin que je t'ai passé ?

– J'en suis à la moitié.

– C'est mieux que *Catch 22,* tu trouves pas ?

– Je ne pense pas, Mickah.

– Mais si, putain. C'est combien l'entrée, Jimmy ?

– Deux sacs.

– C'est tout ? Vous devez pas être terribles !

– Qui vivra verra, mon frère, déclara Joey Les Lèvres.

– Toi, t'as déjà vécu, vieux, dit Mickah. (Pour la première fois, il remarquait Joey Les Lèvres.) T'as vu l'état dans lequel tu es ?

Imelda s'esclaffa.

D'un regard, Bernie la réduisit au silence.

– Est-ce qu'on peut entrer ?

Un gamin était planté à la porte.

– Non, vociféra Mickah dans sa direction.

– Quand ?

– Quand je le dirai. Maintenant, ferme-moi cette putain de porte.

Mickah sauta à bas de l'estrade. Il atterrit devant le gardien, de retour avec une chemise propre.

– Il me faut une table, coco, lança-t-il.

Mickah et le gardien transportèrent la table près

---

1. « Red, Red,/pourquoi/ne restes-tu pas à côté de/moi.../ ouais... » *(NdT).*

de la porte. Ils s'assirent derrière. Jimmy ferma le rideau de scène, un machin rouge miteux. Les Commitments se relayaient pour regarder dans la salle par l'interstice de celui-ci. Le gardien dénicha une boîte en fer vide pour la recette.

– Au poil, commenta Mickah.

Il se renversa sur son siège et s'étira de manière à pouvoir ouvrir la porte du pied.

– Entrez ! cria-t-il.

Ils étaient une douzaine dehors, rien que des ados : les frères et sœurs des Commitments et leurs copains.

Le gardien encaissait l'argent. Mickah énonçait le règlement au moment où chacun d'eux passait devant la table pour entrer dans la salle.

– À la moindre emmerde, je vous tue, compris ?

– J'ai qu'une livre, dit un gamin.

Le gardien regarda Mickah.

– Laisse-le entrer, dit Mickah.

Jimmy était posté derrière eux.

– Combien de temps vous comptez jouer ? lui demanda Mickah.

– Une plombe environ.

– Je le flanquerai dehors au bout d'une demi-heure, déclara Mickah.

– Je suis au chômage, prétendit un autre gamin, en tendant sa livre.

– Tu l'étais pas ce matin quand tu livrais le lait, objecta Mickah.

– Mon patron m'a viré après que tu m'as vu.

– Vas-y.

Le gardien encaissa la livre.

Ce n'était pas une grande salle, mais trois cents personnes auraient pu y tenir facilement. À sept heures et demie, il y avait encore de la place pour deux cent soixante-dix personnes.

Mickah regarda dehors.

– Il n'y a plus un chat.

Jimmy comptait son public. Quatre copains à lui, Outspan et Derek étaient adossés au mur du fond. Il les avait laissés entrer gratuitement. Ray Ward (ex-And And ! And) était avec eux. Lui avait payé sa place. Il y en avait six autres plus âgés, qui avaient un peu moins de vingt ans ou qui venaient de les avoir. Sûrement des potes de Deco, de Billy ou de Dean. Il y avait aussi trois filles, des copines d'Imelda, de Natalie et de Bernie. Les autres, c'étaient des ados, à l'exception d'une seule personne : la mère d'Outspan. Le gardien alla lui chercher une chaise et elle s'installa devant, sur le côté.

Outspan jeta un nouveau coup d'œil. Il laissa retomber le rideau.

– Fait chier, maugréa-t-il. Elle m'avait promis qu'elle viendrait pas...

– J'ai honte pour toi, compatit Bernie.

– Il n'y a pas de limites d'âge à la soul, déclara Joey Les Lèvres.

– Ta gueule, Joey, gronda Outspan.

– Elle a mis sa fourrure, leur dit Imelda.

C'était son tour derrière le rideau.

– Fait chier ! s'emporta Outspan. Je joue pas.

– Si tu ne joues pas, menaça Deco, je vais le dire à ton pote Mickah.

Outspan le dévisagea.

– Ma mère peut mettre ton Mickah Wallace en bouillie quand elle veut !

À huit heures moins dix, Jimmy ferma la porte. L'assistance avait augmenté de trois personnes : son frère Darren et ses potes.

Jimmy empoigna Darren par l'épaule.

– Viens ici, espèce de connard. Il y a un tréma à Héroïne.

Il lui fila une beigne sur l'oreille.

– Regroupe-les tous au pied de la scène, Mickah. Ça aura plus de gueule.

– D'acc... Pas con, comme idée.

– C'est pas le moment de démoraliser le groupe.

– Ça non !

Mickah alla dans le fond de la salle et poussa tout le monde vers l'avant.

– Va devant et tape dans tes mains, ou je te massacre !

Les malheureux obéirent. Mickah les suivit.

– Applaudissez dès que le rideau s'ouvrira, compris... Et tapez bien dans vos mains. Un grand concert, missis Foster, cria-t-il à la mère d'Outspan.

Billy recula pour contempler la banderole.

– C'est pas comme ça qu'on écrit Héroïne !

Imelda se joignit à lui.

– Oh, regardez, dit-elle. Celle-là, elle est bonne !

– Mais la seringue est bien faite, non ? dit Dean.

– Pas mal, conclut Derek. Ça en jette... De toute façon, il y a pas un de ces cons qui sache écrire.

Jimmy était en coulisse.

– Si on fait notre enchaînement sur « Walkin' in the Rain », on va tomber de cette foutue scène, prédit Natalie. Elle est beaucoup plus petite que le garage de Joey.

– Tout ira bien, la rassura Jimmy. Vous êtes des pros.

– Eh, Caroline !

Les Commitments étaient tous à leur poste.

Jimmy était sur le côté de la scène. D'une main, il tenait le micro et, de l'autre, le cordon de rideau. Il leur adressa un signe de tête. Les musiciens s'examinèrent, puis se regardèrent les uns les autres, et se tinrent prêts, sérieux comme des papes.

Le grand moment était arrivé. Même s'il n'y avait que trente-trois personnes dans la salle. James Brown avait joué devant moins. C'est ce que racontait Joey Les Lèvres.

– Mesdames et messieurs, dit Jimmy dans le micro.

Des acclamations nourries s'élevèrent de l'autre côté du rideau.

– Frappez dans vos mains de travailleurs pour vos héros, les Sauveurs de la soul, Le Groupe Le Plus Bosseur Au Monde... oui, oui, oui !... Les Commitments !

Il abaissa son micro et tira sur le cordon. Le rideau resta fermé.

– Tu t'es trompé de cordon, petit, dit le gardien.

– Espèce de nul, bougonna Imelda.

C'est le gardien qui ouvrit le rideau. Nouveaux hurlements. (Jimmy descendit de scène et se rua vers la console de mixage. « Tire-toi de là, toi ! ») Les lumières de la salle étaient toujours allumées. Par endroits, le public ne formait même pas deux rangs. Le gardien alla éteindre.

Les applaudissements cessèrent. Les lumières s'éteignirent. Il y eut quelques cris, mais pas de musique.

– Magnez-vous, cria un gosse.

– Qui a dit ça ? gronda Mickah. Quel est le con qui a dit ça ?

Ils le regardèrent patrouiller devant la scène, agripper des épaules.

– Billy, murmura Joey Les Lèvres.

– Ouais.

– « I Thank You ».

– Quoi ?... Oh, merde, ouais ! Excuse-moi.

– *Boum boum... da boum... boum*
Boum... da boum...
Boum boum... da boum... boum
Boum... da boum...

Deco s'avança et arpenta le bord de la scène. Il abaissa les yeux vers son public.

– Je vous demande à tous de vous lever de vos sièges (« Merde, quels sièges ? » cria Mickah)... et de tendre les bras pour taper dans vos mains et me donner un peu de cette chère ambiance soul...

Billy :

– *Boum boum... da boum...*
Boum boum... da boum...

Derek attaqua sa basse.

Deco chantait :

– *You didn't have to love me like you did*
But you did but you did...

Joey Les Lèvres et Dean :

– *Couin couin...*

Deco et les Commitmentettes :

– *And...*
I... thank... you...

– *You didn't have to squeeze me...*

Les filles se serrèrent.

– Réveillez-vous ! vociféra quelqu'un.

– *Like you did but you did but you did...*

Les cuivres :

– *Couin couin...*

– *And...*
I thank... you...

Une petite main attrapa la chaussure de Bernie. Celle-ci marcha dessus et pivota sur place.

– Aaah !... Oh, maman !... Eh, pétasse !... Bon Dieu !

– *Every day...*
There's somethin' new...

You pull ou' your bag an' your bath is due...

Imelda renifla son aisselle. Quelqu'un siffla.

– *You got me tryin'...*
New things too...
Just...
So...
I...
Can keep up with you...
You didn't have to shake it...

Les Commitmentettes se remuaient.

– ... *Like you did but you did*
But you did...

Les cuivres :

– *Couin couin...*

– *And...*
I... thank... you...
You didn't have to make it[1]...

Un micro émit un larsen.

– Excusez-moi, entendit-on Jimmy crier. C'est ma faute... Ça se reproduira plus.

Mais ça se reproduisit.

Jusque-là Outspan n'avait pas plaqué un accord. Il restait planté comme une souche, à fixer les planches. Deco, lui, se pavanait en long et en large (il s'était déjà habitué à son costume), forçant Joey Les Lèvres et Dean à reculer contre la batterie. Les escarpins de Natalie lui faisaient mal aux pieds. Les cheveux de Bernie se dénouaient.

---

1. « Tu n'avais pas à m'aimer comme tu l'as fait/mais tu l'as fait, oui, tu l'as fait/et/je t'en remercie/Tu n'avais pas à me serrer/ comme tu l'as fait mais tu l'as fait,/oui, tu l'as fait/et/je t'en remercie/Tous les jours/il y a du nouveau/Tu sors ton sac à malices et tu mérites bien ton bain/... Tu me fais essayer/aussi de nouveaux trucs/ juste/pour/que je/puisse te suivre/Tu n'avais pas à te remuer/ comme tu l'as fait mais tu l'as fait,/oui, tu l'as fait/et/je t'en remercie/Tu n'avais pas à aller jusqu'au bout... » *(NdT).*

Mais ils s'en tiraient bien. Les trente-trois blaireaux présents et Mickah étaient contents du spectacle. Ils s'attendaient même à ce que Deco dégringole de la scène d'un moment à l'autre.

Ils n'eurent donc pas besoin des encouragements de Mickah quand « I Thank You » se termina.

– Applaudissez, allez ! Applaudissez...

Ils s'y employaient déjà. Mrs Foster s'était levée de sa chaise. Elle n'avait pas remarqué que son fils n'avait encore rien fait.

– Salut, Barrytown ! cria Deco.

– Salut, Deco !

Deco se frotta le front du bras.

– J'espère que mon groupe vous plaît, dit Deco.

Ceux qui observaient les Commitments les virent se raidir. Ils virent aussi Billy esquisser un geste grossier dans le dos de Deco, à l'aide d'une de ses baguettes.

– Cette chanson s'appelle « Chain Gang ».

– *Hou...*
Ha...
Hou...
Ha...

Outspan se tourna. Comme ça, il ne pouvait pas voir sa mère. Ça l'aida. Il se mit à jouer, le même accord, mais c'était un début.

Derek chantait :

– *Well don't you know...*

Deco le cacha en s'avançant.

Deco :

– ... *That's the sound o' the men...*
Workin' on the...
Chain ga-a-ang...

Ils dansaient. Le public dansait, une bonne partie, en tout cas : petits mods et modettes qui se trémoussaient, tournaient ensemble en cadence, croisaient les bras, tournaient, croisaient les bras, tournaient encore. Mickah essaya de les en empêcher.

– Contentez-vous d'écouter, d'accord ?

Mais c'était leur style de musique. Jimmy vit la mère d'Outspan danser avec les autres. Mickah fut obligé de les laisser faire.

Deux amateurs de heavy-metal étaient appuyés au mur latéral. Mickah alla les trouver.

– Allez danser, vous !

Ils commencèrent à danser le pogo.

– Pas comme ça !

Mickah les arrêta.

– Comme eux, là-bas !

Sur scène, un accident allait se produire. C'était le tour du solo de James, et Deco tuait le temps en faisant tournoyer le micro au-dessus de sa tête. Le micro s'éleva sur sa droite et redescendit sur sa gauche, heurtant la nuque de Bernie. Celle-ci fut projetée en avant et dut sauter à bas de la scène.

Les Commitments s'arrêtèrent.

Des Ah ! de déception fusèrent du public, suivis d'applaudissements – Mickah veillait au grain.

Joey Les Lèvres sauta lui aussi de la scène. Acclamations. Jimmy était également dans la salle pour les aider à retrouver le talon de l'escarpin de Bernie. De chercher, ça empêchait Bernie de penser aux élancements de sa nuque.

Sur scène, Deco se faisait remonter les bretelles.

– Connard, va !

Imelda lui lança un coup de pied en plein dans le mille. Billy lui jeta une baguette qui l'atteignit à l'épaule.

– On t'avait dit de pas faire ça, grinça Derek.

– J'avais oublié.

– Autre chose, vociféra Billy. Merde ! c'est pas ton groupe !

– D'accord, d'accord, dit Deco.

Il se tenait au bord de la scène. Outspan avait l'air mauvais.

– Désolé, désolé, d'accord...

Bernie reprit sa place. Elle laissa ses chaussures et le talon cassé dans les mains de Jimmy. Imelda et Natalie se déchaussèrent.

– Bravo, sœurettes ! s'écria Joey Les Lèvres.

En passant, il s'arrêta à la hauteur de Deco.

– Tu t'excuses très, très gentiment auprès de Bernadette ou tu as ma trompette dans le cul...

Deco était scié. Ce nabot à moitié chauve le menaçait !

– Grouille ! rugit Joey Les Lèvres.

Deco ne se le fit pas dire deux fois.

– Écoute, Bernie... Excuse-moi, d'accord ?... Vraiment.

– Ouais... bon, dit Bernie.

– Ce que Bernie essaie de te dire, intervint Imelda, c'est que t'es un pauvre con.

Derrière le public Mickah entonna :

– QU'EST-CE QU'ON...
ATTEND...

– OK, lança Deco au micro. Merci beaucoup. Ce morceau est dédié à ceux qui sont en prison, à Mountjoy ou ailleurs, pour drogue – par exemple – parce que ce doit être le bagne pour eux... On espère qu'ils s'en sortiront et... Parce que, comme dit la banderole, L'Héroïne Tue.

– Toi aussi tu nous tues !

– Qui a dit ça ?... Viens ici, toi.

Ils virent Mickah ramasser un gosse et le traîner jusqu'à la porte.

– Il y a une faute à « héroïne ».

Un autre gamin profitait de l'absence de Mickah.

– Ta gueule, Genius, dit Deco. En tout cas, si on

cherche un jour à décrocher de la drogue, on peut toujours tendre la main. « Reach ou' ».

Il ne se passa rien.

– Billy.

– Quoi ?

– « Reach Ou' ».

– Ah, ouais !

– *Boum... tchoukoutoum tchoukoutoum*
Tchoukoutoum...
Boum... tchoukoutoum tchoukoutoum
Tchoukoutoum...

Maintenant, Outspan était plus à l'aise. Derek avait les yeux clos. Dean s'essuya le visage avec sa pochette. Le tom médium bascula. Billy continua à battre.

– ... *Just look over your shoulder,* brailla Deco.

Les Commitmentettes regardèrent par-dessus leur épaule.

– *Boum... tchoukoutoum tchoukoutoum*
Tchoukoutoum
Boum... tchoukoutoum tchoukoutoum
Tchoukoutoum...

– *I'll...*
Be there...
To love an' cherish...
You...
Hou...
Ou...
I'll...
Be there...
With a love tha' is so...
True [1]...

---

1. « Tu n'as qu'à regarder par-dessus ton épaule/Je/serai là/pour t'aimer et te chérir/Je/serai là/avec un amour qui est si/sincère... » *(NdT).*

Hou...
Ou...

Derek sautait en martyrisant sa basse. Il cogna le piano. Les doigts de James se retrouvèrent sur les mauvaises touches. Le piano enfonça la toile de fond, le décor du Pacifique Sud de l'Association de l'Opérette (celui du Son Musical de l'année derrière, un palmier trop jaune dessiné sur une colline).

Le morceau était terminé. Le public ne s'en rendit compte que lorsque Mickah lui eut dit d'applaudir.

Le gardien évalua les dégâts.

– Y a pas grand mal... D'ailleurs, ce sale truc est moche. Une fontaine peindrait mieux que ça, déclara-t-il à Jimmy, comme tous les deux redescendaient de scène.

– Ça va, vous ? demanda Jimmy à son public.

– Très bien, merci, répondit Mrs Foster.

– OK, lança Deco. Cette chanson est pour les gars du CIE [1].

– De quoi il parle ? demanda Billy à James.

Il remettait sa batterie en place.

– Mais je n'en sais rien, répondit James.

– « Night Train », cria Deco. On monte tous dans le train.

Les petits mods et les petites modettes connaissaient le morceau. Ils poussèrent des cris et formèrent un train pendant que les Commitments démarraient. Joey Les Lèvres et Dean braquèrent leurs cuivres vers les lumières. Derek et Outspan se déplaçaient en mesure. Deco longeait le bord de la scène en haletant. Les filles disparurent en coulisse pour inspecter la chaussure de Bernie. Billy envoya une de ses baguettes dans l'assistance.

---

1. Le Coras Impain Eireann, ou Irish Transport Commission, la Commission des transports irlandais *(NdT)*.

Personne ne l'attrapa parce que tout le monde faisait partie du train et tournait en rond au milieu de la salle, avec Mickah dans le rôle du fourgon de queue.

– *Oh yeah,* attaqua Deco.
Oh yeah...

Il balança les bras.

– *Miami Florida...*
Atlanta Georgia...
Raleigh North Carolina...
Washin'ton DC...

Il dérailla un instant.

– *Somewhere the fuck in west Virginia...*
Baltimore Maryland...
Philadelphia-a-a...
New York City...
Headin' home...
Boston Massachu... Massatust... Ouais, vous savez quoi...
And don't forget New Orleans the home of the blues...
Oh yeah...
The nigh' train...
The nigh' train...
Come on now...
The nigh' train...
The nigh' train...
Nigh' train...
Carries me home...
Nigh' train...
Carries me home[1]...

---

1. « Ah ouais,/ah ouais !/Miami, Floride/Atlanta, Georgie/ Raleigh, Caroline du Nord/Washington, DC/Quelque part... merde !... en Virginie occidentale/Baltimore, Maryland/Philadelphie/New York City/Direction la maison/Boston, Massachu... Massatust... (pour Massachusetts, bien sûr)/Sans oublier New Orleans,

Deco laissa le reste du groupe continuer sans lui. Le passage important arrivait.

La soul de Dublin allait naître.

Il s'essuya les mains à son pantalon. Le pouce levé, Joey Les Lèvres lui donna le feu vert. Les Commitmentettes revinrent sur scène.

Joey Les Lèvres et Dean ramenèrent le train vers Deco.

Deco gronda :

– *Startin' off in Connolly...*

Dans la salle, le train humain s'était arrêté en attendant la suite.

Deco montait dans le Nord, par le DART.

– *Movin' on ou' to Killester...*

Tout le monde se marra. C'était super. Ils se précipitèrent vers la scène.

– *Harmonstown Raheny...*

Hurlements de joie.

– ... *And don't forget Kilbarrack... the home of the blues...*

La soul de Dublin venait de naître.

– *Howth Junction Bayside...*
Then on ou' to Sutton where the rich folks live...
Oh yeah...
Nigh' train...

Sa voix flancha, mais il la retrouva.

– *Easy to bonk your fare...*

Braillements frénétiques.

– *Nigh' train...*
An alsatian in every carriage...
Nigh' train...
Loads o' security guards...

---

patrie du blues/ah, ouais !/Train de nuit/Train de nuit/En avant toute/Le train de nuit/Le train de nuit/me ramène chez moi/Le train de nuit/me ramène chez moi... » *(NdT).*

Nigh' train...
Layin' into your mot at the back...
Nigh' train...
Gettin' slagged by your mates...
Nigh' train...
Gettin' chips from the chinese chipper...
Oh nigh' train...
Carries me home...
The nigh' train...
Carries me home[1]*...*

Deux gamins prirent la scène d'assaut. Ils gambadèrent de long en large et allaient ressauter à terre quand Deco attrapa l'un d'eux et lui fourra le micro sous le nez.

– Chante.

– Des clous !

– Vas-y. *Nigh' train...*

– *Nigh' train,* couina le petit mod.

D'autres grimpèrent sur la scène et formèrent un petit chœur autour du micro à pied. Ils vociféraient :

– *Nigh' train.*

Encore et encore :

– *Nigh' train.*

– *Nigh' train.*

Le concert s'acheva. Les applaudissements se prolongèrent quelques minutes. Derek en pleura.

Jimmy rappela le groupe.

---

1. « En partant de Connolly/on passe à Killester/Harmonstown Raheny/Sans oublier Kilbarrack, patrie du blues/Howth Junction Bayside/puis de là à Sutton où habitent les riches/Ah, ouais !/Train de nuit/Facile de resquiller sa place/Train de nuit/Un berger allemand dans chaque wagon/Train de nuit/Des flopées d'agents de la sécurité/Train de nuit/On baise sa copine à l'arrière/Train de nuit/On se fait vanner par ses potes/Train de nuit/on achète des frites au Chinois/Oh, le train de nuit/me ramène chez moi/le train de nuit/me ramène chez moi... » *(NdT).*

Sur le côté de la scène, Jimmy braillait dans son micro.

– Mesdames et messieurs, applaudissez... Oui, oui, oui, Les Commitments... Les Commitments, mesdames et messieurs... Le Groupe Le Plus Bosseur Au Monde... Les Commitments... Ils apportent la soul à Dublin, ils rendent la musique du peuple au peuple... Oui, oui, oui... Les Commitments !

Mickah plantait un doigt dans le dos des gens.

– Crie une autre. Allez !... une autre !

– Une autre !

– Une autre !

– On vous entend pas, dit Jimmy.

– Où tu vas comme ça ? demanda Mickah.

– Chez moi, répondit le gamin.

– Retourne là-bas et applaudis... Allez !

– Il faut que je rentre chez moi. Ma mère va m'exploser.

– C'est moi qui vais t'exploser si tu retournes pas à ta place !

– On vous entend pas, répéta Jimmy.

Il plaqua la main sur son micro.

– « What Becomes of the Broken Hearted ». Après les filles enchaînent avec « Stoned Love ». Ensuite, vous revenez et puis « Knock on Wood », d'accord ?... Pigé ?

– Et « Man's World » ?

– Ils sont trop jeunes, répliqua Jimmy.

– « When a Man Loves a Woman » ?

– Trop lent, trancha Jimmy... Ils s'endormiraient. Ils sont trop jeunes. Pour eux, deux morceaux rapides, c'est suffisant.

– Mais on en a répété des tas d'autres, protesta Derek.

– Frère Jimmy dit vrai, approuva Joey Les Lèvres.

Une secousse brève et brutale, c'est ce qui marche le mieux avec nos très jeunes frères et sœurs.

Arriva le gardien.

– Derrière la scène, il y a un type de ce canard, les *Northside News* ?

– La gloire, murmura James... Je vivrai bien jusqu'à mardi prochain !

– Ma chère ! s'écria Natalie. Est-ce qu'il a un appareil photo ?

– Ouais ! répondit le gardien. Il en a un plein sac. Des flashes et tout le tintouin...

Jimmy annonça dans son micro :

– Ils reviennent, mesdames et messieurs. Les Commitments reviennent.

Il montra James du doigt.

– Applaudissez, applaudissez James Clifford, le Chirurgien de la soul.

Deco poussa James en scène. James resta planté là.

– L'homme qui pratique des transplantations sur son piano, mesdames et messieurs !... Clifford, le Chirurgien de la soul.

James se dirigea vers son piano.

– À la batterie, Billy « la Bête » Mooney.

Billy sauta sur scène, et, mimant la démarche du gorille, alla à sa batterie.

Jimmy les renvoya à leur poste un par un. C'est Joey Les Lèvres qui l'emporta à l'applaudimètre.

Les filles vinrent en dernier.

– Enfin, cria Jimmy, les filles !

Des hurlements les accueillirent. Elles échangèrent des regards, puis levèrent les yeux au ciel.

– Sonia... Sofia... et Tania... Les Commitmentettes, mesdames et messieurs !

Elles déambulèrent sur scène. Natalie baissa la tête en voyant quelque chose surgir de l'obscurité pour voler dans leur direction. La chose, un petit slip bleu clair, atterrit derrière elles.

Il y eut un flottement chez les Commitments. D'un coup de pied, Deco vira le slip de la scène. Il revint. Deco le poussa du côté de Jimmy.

– D'accord, vous tous, dit Deco aux fans... « Let's take it to the bridge », franchissons le pont.

– Je te le rendrai après, d'accord ? souffla Mickah. Quand ce sera fini...

– Mais t'avais dit que tu me donnerais une livre, lui rappela le gosse.

– Je te laisserai entrer sans payer la prochaine fois, promit Mickah.

Cette injustice laissa le môme sans voix. Il venait de se ridiculiser en jetant son slibard à ces meufs sur la scène, et il n'allait même pas être payé pour ça ! Il retrouva enfin l'usage de la parole.

– Espèce de salaud !

Mickah lui flanqua un bon coup de coude, puis il eut mauvaise conscience et donna au gamin cinquante pence, avec une autre bourrade.

La majeure partie du rappel se passa bien. Les petits mods reconnurent « What Becomes of the Broken Heart », et ils acclamèrent Deco quand il chanta le passage où il était question d'attendre sous l'horloge de Clery's.

– Merci, petits frères et petites sœurs, fit Joey Les Lèvres... Notre Seigneur Jésus vous sourit de là-haut. Merci... Maintenant, les sœurs Sonia, Sofia et Tania vont se déchaîner... Frères et sœurs, les Commitmentettes !

– Waouou ! cria Deco. Franchissons le pont !

– Merde ! Quel pont ?

– Qui a dit ça ? éructa Mickah.

– Le pont Matt Talbot.

– Qui a dit ça ?

Deco ne voulait pas laisser la place aux filles. Il s'incrustait sur le devant de la scène pour faire du charme à son public.

– Laisse la place, merde ! cria Billy.

– Du calme, répondit Deco.

Il tendit le micro à Imelda. Celle-ci lui cingla l'oreille avec.

Et les voilà lancées. Sur une rythmique d'enfer, hyperefficace, les filles chevrotèrent « Stoned Love ». Elles se balancèrent, tapèrent dans leurs mains, s'arrêtèrent. Et avant que le public pût commencer à crier, elles étaient reparties. Jimmy dut monter sur scène pour repousser gentiment les gosses.

Deco revint avec le début de « Knock on Wood ». Le morceau se termina prématurément : Deco renversa le micro de la section des cuivres et la moitié de ladite section des cuivres lui fila un magistral coup de pied au cul.

Deco était hors d'état de chanter pour un bon moment. Jimmy ferma donc le rideau. James et Billy contemplaient Deco à genoux par terre, penché en avant.

– Il a franchi le pont, commenta Billy.

– Tu l'as dit ! acquiesça James.

– Il l'a cherché, expliquait Dean à Jimmy.

– Vous auriez pas pu attendre qu'il ait fini de chanter ? gronda Jimmy. Ou qu'il termine au moins sa phrase...

Outspan se marra.

Le premier concert était fini.

La tête de Mickah apparut sous le rideau.

– Hé, Jimmy, appela-t-il. Il y a un crétin ici de... Attends.

Mickah disparut et revint.

– Les *Northside News*. Il voudrait vous parler.

Quand Jimmy rouvrit le rideau, ils repérèrent tous le crétin des *Northside News.* Il était grand, jeune, et portait des verres teintés.

– Génial, le concert. Qui est le responsable ?

– Je suis le chanteur, lui dit Deco.

– Pour le moment, grinça Jimmy.

– Bien envoyé, Jimmy, commenta Outspan.

– Remballez le matériel, les gars, ordonna Jimmy. Mais gardez vos costumes... Pour les photos. Joey, viens !

Jimmy sauta dans la salle. Il serra la main du crétin. Ils se présentèrent mutuellement.

– Et voici Joey Les Lèvres Fagan, dit Jimmy.

– Salut !

– Bonsoir, frère.

– Est-ce qu'on sera dans le numéro de vendredi prochain ? demanda Mickah au crétin.

– Mickah, donne un coup de main à Billy pour la batterie.

Mickah saisit la choupette de Jimmy.

– Dis-moi s'il te plaît !

– S'il te plaît, Mickah.

Mickah sourit de toutes ses dents.

– Mais certainement... Sans problème.

– Notre agent de la sécurité, expliqua Jimmy.

– Le prix de la gloire, ajouta Joey.

– Bien sûr, dit le crétin.

Il tenait un carnet.

– Quand vous êtes-vous formés ?

– Il y a quelques mois, répondit Joey.

– Comment le groupe est-il né ?

Jimmy prit la parole :

– Eh bien, j'ai passé une...

– Le destin, coupa Joey Les Lèvres. C'était écrit.

La réponse de Joey plaisait à Jimmy, si bien qu'il lui laissa la parole.

– Mon ami, poursuivit Joey Les Lèvres, nous sommes un groupe chargé d'une mission.

– D'une mission ?

– Tu as bien entendu.

Le crétin chercha le regard de Jimmy, mais Jimmy resta silencieux.

– Quel genre de mission ?

– Une importante mission, mon frère.

Jimmy se pencha vers Joey Les Lèvres et lui chuchota :

– Ne parle pas de Dieu.

Joey Les Lèvres sourit.

– Nous apportons la soul à Dublin, mon frère, déclara-t-il. Nous rendons la musique, la soul au peuple... Au prolétariat... P.R.O.L.É.T.A.R.I.A.T.

– Merci beaucoup.

Jimmy prit la parole :

– Nous sommes contre toute discrimination raciale et sexuelle, et aussi contre l'héroïne, pas vrai, Joey ?

– C'est vrai, acquiesça Joey Les Lèvres.

– Nous n'irons pas jouer à Sun City [1], affirma Jimmy.

– Dis au peuple, dit Joey Les Lèvres au crétin, de mettre ses chaussures soul parce que les Commitments arrivent et qu'on va danser dans les rues.

– Voilà un bon sujet d'article, dit le crétin.

– On dressera aussi des barricades dans les rues, ajouta Joey Les Lèvres. Maintenant vous avez un magnifique sujet d'article.

– Waou ! s'exclama le crétin. Pas mal... À quand le prochain concert ?

– Mon ami, déclara Joey Les Lèvres, nous sommes

1. Le Las Vegas sud-africain, boycotté au temps de l'apartheid *(NdT)*.

les guérilleros de la soul. Nous n'annonçons pas nos concerts à l'avance, nous frappons et puis nous nous enfonçons dans la nuit.

Jimmy donna une tape sur l'épaule du crétin.

– Je crois qu'il y a un *u* à guérilleros...

– Ah, ouais... Merci beaucoup.

– Tu veux prendre quelques photos ?

– Ouais, bien sûr.

– Joey, veille à ce que leurs cravates soient bien droites, d'accord ?

– À vos ordres, camarade.

Joey s'assit sur une chaise. Les Commitments l'entouraient, à genoux ou debout. Bernie se percha sur ses genoux. Imelda s'étendit devant lui, appuyée sur un coude, le menton dans la main, les cheveux dans les yeux. Natalie fit de même, mais dans le sens inverse. Jimmy, Mickah, le gardien et Mrs Foster posaient de chaque côté, comme des patrons de club de foot ou des soigneurs à l'éponge magique. De cette manière, tous étaient dans le cadre.

Pendant quelques semaines, il ne se passa rien.

Les Commitments répétaient.

Jimmy effectua la tournée des pubs de la ville. L'un n'engageait que les groupes de heavy-metal. Le patron expliqua à Jimmy que le public du heavy-metal était plus vieux, qu'il se tenait bien et qu'ils buvaient tous comme des trous.

Un barman d'un autre pub dit à Jimmy que son patron n'embauchait que les groupes qui s'inspiraient d'Echo and The Bunnymen, parce qu'ils étaient toujours chroniqués, et que les chroniques faisaient l'éloge du patron et de son œuvre de découvreur.

Le quatrième jour, Jimmy dénicha un pub qui

acceptait de prendre les Commitments pour un seul soir, un mardi, pas de cachet, mais trois pintes de bière gratuites pour chacun des membres du groupe. Le barman en chef était un grand fan de la Motown. Ses efforts, ajoutés au gros titre des *Northside News* (« Les soldats soul du destin »), convainquirent le patron.

Jimmy n'arrivait pas à comprendre pourquoi l'établissement s'appelait The Regency Rooms [1]. Il n'y avait qu'une seule salle, à peu près dix fois plus grande que sa chambre. Les murs étaient nus et sales. Le sol était nu et sale. Les tabourets et les sièges montraient leurs entrailles. La scène était une simple estrade en contre-plaqué de trente centimètres de haut.

– Ils n'y rentreront pas tous, observa Mickah.

– Je le sais, dit Jimmy. On y entassera Billy, les filles, Outspan et Derek. Le piano ira là-bas, à côté de la porte des chiottes. Et Joey et Dean n'ont qu'à se mettre là-bas, avec Deco au milieu. Et la sono sur la table, là...

– Bien vu.

Quand le barman en chef arriva pour prendre son service, il alla trouver Jimmy.

– Tu t'es bien gardé de nous dire que c'était tout le philharmonique qu'on engageait ! hurla-t-il.

– Je croyais que tu le savais, répliqua Jimmy. Tu disais que t'étais un fan de la Motown !

– Ma femme a le disque « The Supremes Greatest Hits ». Mais il n'est pas plus grand que les autres...

– On rentrera tous.

– Ouais... Et vous occupez quand même la moitié

---

1. Les salons Régence *(NdT)*.

du pub ! Écoute. Ton piano... Dans ce coin, ils sont habituellement une vingtaine.

– Dans tes couilles, tu veux dire, riposta Mickah. Des lutins, peut-être... Ou des bébés-éprouvettes !

– Mickah.

– Quoi ?

– La batterie.

– D'accord.

– De toute façon, reprit le barman en chef dès que Mickah fut à bonne distance, c'est la dernière fois que vous jouez ici. N'y vois rien de personnel, mais on n'a pas la place. D'habitude on travaille avec des trios.

Il pensa à autre chose.

– Encore un point... Il n'est pas question de vous offrir trois pintes chacun. On ne peut pas se le permettre... Vous devrez vous en contenter d'une.

– Et merde ! s'exclama Jimmy.

– Vous êtes des millions, dit le barman en chef. Mais toi, tu en auras trois. Tu n'auras qu'à faire comme si tu me payais...

Jimmy regarda autour de lui.

– D'accord. Marché conclu.

Il y avait beaucoup de monde. Trente personnes, et ç'aurait été la foule dans ce bistro. La salle était archicomble. Ceux qui étaient debout devaient tenir leurs verres à hauteur de nez.

– Des lascars plus âgés, cette fois, souligna Jimmy. Ce sera un meilleur concert... Plus ciblé adultes. Vous voyez ce que je veux dire ?

Les Commitments entouraient l'estrade, attendant le feu vert du barman en chef.

– Ces gens sont des électeurs, poursuivit Jimmy. C'est notre vrai public.

Outspan monta sur l'estrade pour chercher sa mère dans la foule. Il ne pensait pas qu'elle aurait le toupet de venir jusqu'ici, mais il voulait en être sûr.

Jimmy se fraya un chemin jusqu'à Mickah.

– Écoute, lui dit-il. Ils ont leur propre videur ici, donc... t'as qu'à profiter du spectacle, d'accord ?

– Je lui ai déjà parlé, l'informa Mickah. Il me fera signe s'il y a un problème.

– C'est sympa.

Il s'installa à la console. Un micro émit un larsen.

Il était neuf heures et demie. Le barman en chef fit un signe de tête à Jimmy. Jimmy se leva et prit le micro de Deco.

– Mesdames et messieurs, The Regency Rooms présentent, venus tout droit de Dublin (cette boutade ne déclencha pas les rires qu'il attendait !). Le Groupe de Musique Le Plus Bosseur Au Monde, Les Sauveurs de la soul... Oui, oui, oui... Les Commitments !

Cette fois, ils étaient plus hargneux. Billy savait ce qu'il faisait. Outspan n'avait pas sa mère pour le surveiller. Deco était cerné par des tables sur trois côtés et, derrière, par Dean et Joey. Il ne pouvait pas bouger. Ce soir, il n'y aurait pas d'accidents.

Natalie tomba de l'estrade. Mais ce n'était pas un accident. Imelda l'avait poussée. Elles ne faisaient que s'amuser.

Les chansons accrochaient. Les Commitments ne sortaient pas des classiques, celles que tout le monde connaissait. Les paroles où il était question de Dublin furent accueillies par des rires et, à l'approche de l'heure de la fermeture, par des acclamations et des applaudissements. Les Commitmentettes furent sifflées, mais poliment. Un seul individu brailla :

– À poil !

Mickah lui conseilla de se tenir tranquille.

Les discours de Deco entre les chansons passaient mieux. Jimmy et Joey Les Lèvres lui avaient fait la leçon.

Mais c'était quand même un chieur, Jimmy dut le reconnaître devant Mickah.

« Night Train » fit un tabac. Il n'y avait pas la place de faire le train dans la salle, mais ceux qui étaient debout se balançaient, et ceux qui étaient assis s'étaient levés.

Fin du concert. Les Commitments ne pouvaient pas quitter la scène, sous peine de se retrouver tous dans les chiottes. Ils restèrent donc sur leur estrade, pendant que le public braillait et applaudissait. Ils attendaient que Jimmy prît le relais.

– Une autre !

– Oui, oui, oui, mesdames et messieurs... camarades. Ce soir, vous avez entendu la musique du peuple... Les Commitments, mesdames et messieurs... Les Sauveurs de la soul... Vous en redemandez ?

Ils en redemandaient.

Jimmy rendit son micro à Deco.

– Présente-leur le groupe.

– OK, fit Deco dans son micro. Je ferais bien de vous présenter les autres. À la batterie, Billy Mooney... À la guitare – si vous avez réussi à l'entendre, ah ah ! – Outspan, excusez-moi, L. Terence Foster. Et Derek, là, à la basse... James Clifford, le Chirurgien de la soul, c'est le binoclard sur sa casserole.

Chacun des Commitments fut applaudi l'un après l'autre, mais ils n'entendaient rien. Ils foudroyaient Deco du regard. Ce n'était pas ce qu'ils avaient répété, mais pas du tout.

– Dean Fay au sax, d'accord, et Joey Les Lèvres à la trompette. Joey et son cor de chasse, quoi !... Et il y a aussi Tania, Sonia et Sofia, les Commitmentettes. Moi, je suis Deco SDF Cuffe et on est les

Commitments. Ce morceau s'appelle « When a Man Loves a Woman ».

Deco se jucha sur un tabouret libre.

– *Boum... tchoukoutoum tchoukoutoum tchoukoutoum...*

Billy matraqua la base rythmique de « Reach Out I'll Be There », puis s'arrêta. Il s'extirpa de derrière sa batterie et traversa la foule pour aller aux chiottes.

James attaqua au piano, suivi de la basse de Derek, et puis Deco se mit à chanter :

– *When a ma-an loves a woman...*
Can't keep his mind on nothin' e-else...
He'll change the world...
For the good things h's fou-ound...
If she's ba-ad he can't see it...
She can do no wro-ong...
Turn his back on his best friends if he put her down...

C'était beau. Jimmy cligna des yeux. Les Commitments pardonnaient à Deco. Mais Billy était toujours aux chiottes. Le barman en chef fit passer une quatrième pinte à Jimmy, et même une à Mickah.

– *When this... Man loves this woman...*

Le jeu d'Outspan était juste ce qu'il fallait, léger et discordant.

– ... *An' gives her everything on earth...*

Outspan oscillait avec sa gratte.

– ... *Tryin' to hold onto...*
Your...
Crock o' gold...
Baby...
Please don't...
Treat me ba-a-a-ad...

Le public hurlait.

– *When a ma-an loves a woman...*
He'll buy her loads o' swee-eets...
He'll even bring her to stupid places like the zoo-oo...

He'll spend all his wages on her...
But don't let him see you lookin' at her...
Cos he'll get a hammer an' he'll fuckin' crease you...

Personne ne riait. Ce n'était pas drôle. C'était vrai.

– *Yes when a ma-an loves a wo-man...*
I know exactly how he fee-eels...
Cos...
Baby...
Baby...
Baby...
I love you[1]...

La chanson était finie. Les lumières s'éteignirent, se rallumèrent, s'éteignirent, se rallumèrent. Des copains s'approchèrent pour féliciter les Commitments.

– Vous avez une belle voix, lança une femme à Deco.

– Vous n'êtes pas la première à me le dire, répondit Deco.

Billy sortit des chiottes. Avant que quiconque ait pu lui demander s'il allait bien, il était déjà retourné à sa batterie et avait ramassé une baguette. Il s'avança vers Deco et se mit à le frapper à la nuque et aux épaules. En tapant il psalmodiait :

1. « Quand un homme aime une femme/ne peut penser à rien d'autre/Il échangera le monde/contre ce qu'il a trouvé de bon/Si elle est méchante il ne le voit pas/elle ne peut rien faire de mal/Il tournera le dos à son meilleur ami s'il la critique.../Quand cet homme aime cette femme/et lui donne tout ce qu'il y a sur terre/en essayant de t'accrocher à/ton/saint-frusquin/chérie/je t'en prie ne/me maltraite pas.../Quand un homme aime une femme/il lui paiera des tas de friandises/il l'emmènera même dans des endroits ridicules comme le zoo/Il dépensera tout son argent pour elle/Mais ne lui laisse pas voir que tu la mates/parce qu'il prendra un marteau et t'écrabouillera.../Oui, quand un homme aime une femme/je sais exactement ce qu'il ressent/parce que/chérie,/ô chérie,/ô chérie,/je t'aime... » *(NdT).*

– Je suis Billy... « la Bête » Mooney, tu... m'entends ? Billy... « la Bête » Mooney... Et nous avons tous des... noms de scène et tu les connais parfaitement... Merde !... Espèce de sale... connard ! On n'est pas ton groupe ! Merde, on n'est... pas... ton... groupe !

Mickah lui immobilisa les bras en position baissée. Deco se dégagea.

– Tu l'as cherché, commenta Jimmy.

– Qu'est-ce j'ai encore fait ? geignit Deco.

– Oh, regardez-moi ça ! s'écria Bernie. Il est en train de péter les plombs...

La plupart des Commitments se marrèrent.

– T'as pas présenté le groupe correctement, accusa Jimmy.

– J'ai oublié...

– Va te faire enculer !

– Je blaguais, c'est tout. Vous n'avez aucun sens de l'humour.

– Parce que toi, t'as le sens de l'humour ? demanda Outspan.

– Ouais.

– T'as surtout la grosse tête, vieux.

– T'es jaloux, c'est tout...

– Va te faire...

– Vous êtes tous jaloux.

– Ça suffit, s'interposa Joey Les Lèvres.

– Jaloux de toi ?... Euh !

– Ça suffit !

– Joey a raison, renchérit Jimmy. On se revoit demain soir pour mettre cette histoire à plat.

Deco s'en alla.

– Attention à tes fans ! cria Derek dans son dos.

Mickah lâcha Billy.

– Il fout tout en l'air, Jimmy, gémit Billy. Désolé

de m'être énervé, tu sais, mais j'en ai ma claque de lui. C'était super et puis il... C'est un gros con !

– Ta description est exacte, observa James.

– La prochaine fois, je le tue ! Je le tue, je le tue...

– Il le mérite pas, dit Derek.

– Si, il le mérite, Billy, objecta Imelda. Tue-le !

– Ah, putain de bordel de merde ! s'exclama Jimmy.

– C'est pour rire, s'excusa Imelda. Ne le tue pas, Billy.

– Ouais, renchérit Natalie. Flanque-lui juste une bonne raclée.

– Je peux le faire pour toi si tu veux, suggéra Mickah.

– Mes frères, commença Joey Les Lèvres.

Ses paumes de main étaient levées. Les Commitments étaient prêts à l'écouter.

– Voyons, frère Deco n'est peut-être pas le plus aimable des frères...

– C'est un salopard, Joey !

– C'est vrai, frère Dean. Je reconnais que tu as raison. Frère Deco est un salopard. C'est un salopard. Mais la voix, mes frères et mes sœurs. Sa voix n'est pas la voix d'un salopard. Cette voix appartient à Dieu.

Personne ne le contredit.

– Nous avons besoin de lui, mes frères. Nous avons besoin de sa voix. Pitié pour le reste de sa personne.

– Accordé.

– Je lui parlerai demain au boulot, déclara Jimmy.

– Dis-lui que je vais le tuer.

Les Commitments furent chroniqués dans le *Herald*.

« Les Commitments, disait l'article, ont donné un

concert convaincant, placé sous les auspices de la Motown. Nouveaux sur la scène irlandaise, s'ils ont parfois manqué d'ensemble, ils ont toujours déployé une pêche d'enfer. Leurs costards n'étaient pas tout à fait à la bonne taille. Mon amie est tombée amoureuse du chanteur, une étoile montante, sûrement. Je l'exècre ! (" Oh, merde ! " s'écria Jimmy.) Pour être juste, on passe un bon moment avec les Commitments. Ils compteront aussi peut-être demain. À voir. »

Armé de ce panégyrique et du papier des *Northside News,* Jimmy décrocha pour les Commitments un mercredi soir dans un autre pub, plus grand : le Miami Vice (il y a peu encore, le Dark Rosaleen). C'était à la limite du Sud dublinois, mais près du DART.

Les Commitments firent encore un tabac. Deco s'en tint aux phrases qu'il avait répétées. Tout le monde rentra à la maison content.

Le groupe se vit proposer de jouer tous les mercredis pendant un mois. Ils pourraient fixer l'entrée à deux livres, s'ils parvenaient à remplir le pub le premier soir.

Et ils le remplirent.

C'était un certain type de public qui venait les voir. Il rappelait à Jimmy celui dont il avait fait partie aux concerts des Blades. Ses membres étaient désormais plus vieux et plus connaisseurs : des mods adultes. Leur façon de s'habiller était plus audacieuse, mais ils étaient toujours élégants et impeccables. Les coiffures des meufs étaient plus variées. Ce n'étaient plus vraiment des modettes.

Un bon public, décida Jimmy. Les mods et les ex-mods savaient reconnaître la bonne musique quand ils en entendaient. Leur tenue était stricte, mais ils écoutaient tout ce qui était bon, à condition – notez bien – que les musiciens soient bien habillés.

Les Commitments étaient bien habillés. Jimmy était satisfait de leur public. Joey Les Lèvres l'était aussi. C'était le Peuple.

Jimmy remarqua autre chose : ils réclamaient « Night Train » à cor et à cri.

– *Nigh' train,* braillait Deco.

Oh swee' mother o' Jesus...
Nigh' train...
Oh swee' mother o' fuckin' Jesus...
Nigh' train...
Nigh' train...
Nigh' train...
Come on[1]...

Les Commitmentettes levèrent le bras droit et tirèrent le cordon du sifflet.

– *Ouououououou...*
Nigh'...

Deco s'essuya le front et ouvrit les boutons du col de sa chemise.

– *TRAIN.*

– Une autre !

– UNE AUTRE !

Ils protestaient bruyamment, mais c'était fini. Trois rappels en une soirée, ça suffisait.

– Merci à tous, cria Deco... Nous sommes les Commitments... Bonsoir et que Dieu vous bénisse !

– N'importe comment on devrait se faire des ronds la semaine prochaine, hein ! dit Mickah.

Il rassemblait les micros.

---

1. « Train de nuit/Oh, sainte mère !/Train de nuit/Oh, putain de sainte mère !/Train de nuit.../En avant.../Train de nuit... » *(NdT).*

– Frère Jimmy, commença Joey Les Lèvres... Je suis inquiet... Au sujet de Dean.

– Qu'est-ce qu'il a, Dean ?

– Il m'a avoué qu'il écoutait du jazz.

– Et alors ?

– Le jazz est l'antithèse de la soul.

– Plaît-il ?

– Sur ce point, je suis d'accord avec Joey, commenta Mickah.

– Tu vois, expliqua Joey Les Lèvres, la soul est la musique du peuple... Des gens ordinaires qui font de la musique pour d'autres gens ordinaires... Une musique simple. N'importe quel frère est capable de la jouer. Le son de la Motown, c'est simple. Boum boum boum boum... Le tempo est carré. Boum boum boum boum... Tu vois ? La soul est démocratique, Jimmy. On peut en jouer avec un couvercle de poubelle... C'est une musique populaire.

– T'as pas besoin d'avoir mention TB pour jouer de la soul, c'est ça que tu veux dire, Joey ?

– C'est exact, frère Michael.

– Mickah.

– Frère Mickah. C'est exact. On n'a pas besoin d'un doctorat pour être docteur ès soul.

– Elle est bonne !

– Et qu'est-ce qui te gêne dans le jazz ? s'informa Jimmy.

– C'est une musique intellectuelle, répliqua Joey Les Lèvres... Une musique antipeuple. C'est abstrait.

– C'est froid et privé d'émotion, j'ai pas raison ? lança Mickah.

– Si, tu as raison... La soul lui est étrangère. C'est du son pour le son. Le jazz n'a pas de sens... C'est de la branlette musicale, Jimmy !

– De la branlette musicale, répéta Mickah... C'est

bien dit. Tiens, on pourrait jouer à ça aux fêtes de Noël... Au lieu des chaises musicales.

– Et qu'est-ce qu'il écoute, Dean ? demanda Jimmy.

– Charlie Parker.

– On dit qu'il est bon, pourtant...

– Bon ? hoqueta Joey Les Lèvres. Cet homme ne méritait pas sa peau noire.

Joey s'échauffait. Cela valait le déplacement. Les autres reculèrent pour ne rien perdre du spectacle.

– On aurait dû le décaper à la lampe à souder, merde !

– Ton langage, Joey !

– Des polyrythmes, des polyrythmes ! Je te demande un peu ! Ce n'est pas le son du peuple... Ces polyrythmes sont passés entre les jambes de frère Parker et lui sont remontés dans le cul... Et pour qui jouait-il ? Je vais te le dire, moi, pour des jeunes Blancs de la classe moyenne, avec une petite barbe et un béret. Dans des clubs de jazz. Des clubs de jazz ! Ils n'applaudissaient même pas, ils claquaient des doigts !

Joey Les Lèvres claqua des doigts.

– Comme ça... Je vais vous dire une chose, frères. Je ne l'ai jamais dit à personne avant.

Ils attendirent la suite.

– Le plus grand regret de ma vie, c'est de ne pas être né noir.

– C'est vrai, Joey ?

– Charlie Parker est né noir. D'un beau noir, brillant, bleuté... Et il savait jouer. Il savait bien jouer. Mais il a trahi son art, il a craché dessus. Il a tourné le dos à son peuple pour pouvoir plaire à des petits snobinards et à des intellectuels blancs. Le jazz est décadent... Les Russes avaient raison ! Ils l'ont interdit !

Joey Les Lèvres se calma. Il cessa de tirer sur sa manche.

– « The Bird » ! cracha-t-il. Et voilà ce qu'écoute ce pauvre Dean !

– Ça sent mauvais, c'est sûr.

– Ah, mais c'est mauvais !... Très mauvais. Parker, John Coltrane... Herbie Hancock... et le plus grand salaud de tous, Miles Davis.

– Heu... et pourquoi ça t'inquiète, exactement ?

– Nous allons le perdre.

– Qu'est-ce tu veux dire ?

– Dean va devenir un puriste du jazz.

Les mots arrachèrent presque des haut-le-cœur à Joey.

– Il ne voudra plus jouer pour le peuple. Dean a la soul en lui, mais il va la tuer s'il écoute du jazz. Le jazz est pour l'esprit.

– Qu'est-ce qu'on peut faire ? demanda Jimmy.

– On peut lui remettre les idées en place, suggéra Mickah.

– Mickah.

– Quoi ?

– La batterie.

– OK.

Le journaliste de *Hot Press* vint au second concert mensuel et paya sa place parce que Mickah n'avait pas voulu le croire.

– Je suis de *Hot Press.*

– Et mon cul, il est d'où ? répliqua Mickah. C'est deux livres ou tu rentres pas...

Mickah encaissa cent vingt livres. La recette formait une grosse bosse dans sa poche de poitrine. Il la montra à James.

– Le top niveau, quoi...

Jimmy guettait des signes avant-coureurs chez Dean. Ils n'étaient pas nombreux, mais ils étaient bien là. Dean se voûtait maintenant au-dessus de son sax, comme pour le protéger. Avant, il levait son instrument en l'air, bien en évidence, et se rejetait en arrière, pour que tout le monde le voie briller. Bientôt, il ne tarderait pas à s'asseoir sur un tabouret pour jouer. Incontestablement, le tabouret n'était pas soul. Jimmy était contrarié. Il aimait bien Dean.

Deco était fidèle à lui-même. Dommage que ce con ait une si belle voix. Jimmy ne prêtait pas attention à Billy. Erreur ! Parce que Billy quitta les Commitments, juste avant le rappel.

– Tu continues, Bill, dit Jimmy.

– Je peux pas, répondit Billy.

– Pourquoi ?

– Je vous quitte.

Un long silence, puis :

– Quoi ?

– Je vous quitte. Je reviens pas... Je vous quitte.

– Nom de Dieu ! s'exclama Jimmy.

« When a Man Loves a Woman » n'avait pas besoin de batterie.

– James, rugit Jimmy. Arrache-toi ! Maintenant, reprit-il, raconte à tonton Jimmy ce qui ne va pas.

– Simplement je...

Jimmy voyait Billy réfléchir en direct.

– C'est seulement que... je le déteste, Jimmy. Merde, je le déteste... ça m'empêche même de dormir la nuit.

Son visage était contracté.

– Mais pourquoi ?

– Je passe la nuit à essayer de trouver d'autres moyens de le haïr... d'imaginer, tu sais, des manières de le tuer...

Billy regarda Jimmy dans les yeux.

– J'ai téléphoné chez lui hier. Tu le crois, ça ? Jamais de ma vie j'ai fait un truc comme ça. Jamais ! Son vieux... en tout cas, je pense que c'était son vieux, c'est lui qui a répondu. J'ai rien dit... je me suis contenté d'écouter.

– Il faut te contrôler, coco. Tu parles comme un sale drogué !

– Je sais, je sais, merde ! Tu crois que je ne le sais pas ?... C'est pour ça que je m'en vais. Je ne veux plus jamais revoir ce con... Je dois le faire sortir de ma vie, tu vois ce que je veux dire ? J'ai pris ma décision pendant « I Thank You ». Sa façon de pousser son cul au milieu des filles, sur le devant de la scène. C'était dégueulasse, merde ! De toute façon, je m'en vais, donc... je m'en vais.

– Il ne mérite pas tant de haine.

– Je t'assure que si !

Jimmy observa Billy. Il était décidé à partir, c'était sûr. Inutile de tenter de le dissuader. Jimmy sentit monter une grosse colère.

– N'importe qui peut être batteur, Billy, alors tire-toi...

– Ah, Jimmy !

– Va chier !

– Je veux ma batterie.

– Après le concert.

– C'est mon camion, n'oublie pas.

– On en louera un. Non, on en achètera un. Un plus beau que ta caisse pourrie !

Jimmy se dirigeait déjà vers l'estrade, mais il se retourna vers Billy.

– Un bleu clair, avec Les Commitments écrit en bleu foncé sur le côté. Et Billy La Bête Est Un Con à l'arrière. Tu vois le tableau ?

Billy en resta muet.

« When a Man Loves a Woman » était terminé. Le groupe allait attaquer « Knock on Wood ».

Jimmy ramassa une baguette et se planta derrière la caisse claire.

Les autres le regardèrent avec des yeux ronds.

– OK, dit Jimmy. Vous y êtes ?

– *Cling...*

– Allez-y !

– *Cling...*

– James, défonce-toi !

– *Cling...*

À la fin du morceau, Jimmy jugea avoir prouvé qu'il avait raison : n'importe qui pouvait être batteur.

Ç'avait été un excellent concert, dit *Hot Press* à Jimmy. Dublin avait besoin d'un groupe comme Les Commitments pour casser le système U2. Il ferait un papier pour le prochain numéro. Puis il demanda à être remboursé de ses deux livres.

Les Commitments ne revirent plus Billy. Il n'habitait pas Barrytown.

Le vendredi, Mickah passa prendre Jimmy. Il y avait une répète dans le garage de la mère de Joey Les Lèvres. À l'arrêt du bus, Mickah se jeta à l'eau.

– Jimmy, est-ce que je t'ai déjà demandé quelque chose ?

– Ouais.

Mickah ne s'attendait pas à cette réponse-là.

– Quand ça ?

– À l'école. Tu m'as demandé de te prêter mon bic rouge pour tracer une marge, parce que E.T. disait que les devoirs n'étaient pas faits tant qu'il n'y avait pas de marge.

– Jimmy..., reprit Mickah. Je suis sérieux. Alors,

traite-moi avec un peu de respect, s'il te plaît. Est-ce que je t'ai déjà demandé quelque chose ?

– Non.

– Je préfère... Bon, aujourd'hui je vais te demander quelque chose.

– Je suis fauché.

– Jimmy, dit Mickah, je fais des efforts. Mais tu vas m'obliger à te frapper.

Il s'appuya sur Jimmy de tout son poids.

– Qu'est-ce qu'il y a ? demanda Jimmy.

– Laisse-moi jouer de la batterie.

– J'allais...

– Laisse-moi jouer de la batterie.

– Ça marche.

Mickah était donc le nouveau batteur. Il s'était même trouvé un nom.

– Hein ? Washington DC Wallace.

Les Commitments ricanèrent. Ce n'était pas mal.

– DC pour Définitivement Cool, précisa Mickah.

– Ah, oui ! s'exclama Imelda... C'est super-intelligent, en effet.

Ils attendaient Dean et James.

Joey Les Lèvres prit la parole :

– Nous avons perdu la Bête, frères et sœurs. Il nous manquera. Mais nous avons un homme de bien à la place, un homme qui est une capitale à lui tout seul. Washington DC.

Jimmy prit le relais.

– On a eu notre première crise, d'accord ? mais on l'a surmontée. On est toujours Les Commitments. Et on touche notre public. Vous l'avez vu vous-mêmes mercredi.

Jimmy leur laissa le temps de se rappeler le dernier mercredi. Une bonne soirée.

– On dédiera notre premier album à Billy.
– Tu peux toujours courir ! rétorqua Outspan.
– Ah ?... Et pourquoi pas ? s'enquit Bernie.
– Il faudrait le payer.
– T'es sûr ?
– Qu'il aille se faire foutre, alors !
Joey Les Lèvres rentra dans la maison pour répondre au téléphone.
Dean arriva en l'absence de Joey. Il s'était fait couper les cheveux à ras.
– Bon Dieu, Dean, ça alors !
Il portait ses lunettes noires.
– Dean, ta chemise est sublime.
– Merci.
Joey Les Lèvres revint.
– C'est frère James qui appelait, frères. Il ne peut pas venir. Il a un examen important... Demain.
Joey Les Lèvres venait d'apercevoir Dean.
– L'ampoule est-elle trop forte pour toi, Dean ?
Outspan et Derek ricanèrent.
– C'est sa chemise à fleurs qui lui fait mal aux yeux, ironisa Deco.
– Fiche-lui la paix. Elle est très jolie.
Jimmy tapa dans ses mains.
– Au boulot... Allez. On fera court.
– Ouais, approuva Bernie. Les répètes, c'est chiant.
– Nous manquons de nouveaux morceaux, déclara Joey Les Lèvres.
Il tapota l'épaule de Bernie.
– D'abord intronisons Mickah, dit Jimmy.
– Alias Washington DC aux heures de bureau, ajouta Mickah.
Il était derrière la caisse claire. C'était tout ce qu'il avait.

– Est-ce qu'on peut t'appeler Wacha pour abréger ? demanda Outspan.

– Tu peux..., répondit Mickah. Mais t'étonne pas de recevoir une raclée...

– Washington DC, dit Derek. C'est d'enfer, Mickah.

Mickah frappa sa caisse du plat de la main.

– Simple comme bonjour.

Il frappa une deuxième fois.

– Merde, c'est géant !... Un jeu d'enfant.

– Essaie avec les deux baguettes.

Il obtempéra.

– Là... C'était comment ?

– Géant.

– On peut rentrer à la maison maintenant ? demanda Mickah.

Mickah était une bonne recrue. Les Commitments l'aimaient bien, et son enthousiasme était contagieux. Ses erreurs et ses questions les amusaient. Ils répétèrent encore le lundi soir. Ils voulaient que Mickah soit prêt pour le mercredi.

Mickah emporta la caisse claire chez lui. Son père, le seul homme de Barrytown plus rude que Mickah, brûla ses baguettes. Sa mère lui en acheta une autre paire.

Le troisième mercredi du mois, les Commitments avaient retrouvé le moral. Ils arrivèrent tous à l'heure. Les Commitmentettes arboraient des collants neufs, avec de petits papillons noirs derrière les chevilles. Mickah portait le costume de Jimmy. James tenait une bouteille de Mister Sheen. Il astiquait son piano.

– Un peu plus d'huile de coude, là, dit Outspan.

Jimmy encaissa la recette, cent quarante-six livres.

Treize entrées de plus que la semaine précédente. Sans compter Hot Press et les trois autres qui l'accompagnaient, qu'il avait laissés entrer sans payer.

Les Commitments assurèrent.

Outspan et Derek avaient pris confiance en eux. Les Commitmentettes en jetaient. Elles étaient à l'aise dans leurs baskets, très sophistiquées, et leur sens de l'humour transparaissait dans leurs déplacements sur scène.

Elles s'éclataient.

Mickah martelait allègrement son tambour. Il utilisait de temps en temps les doigts ou le poignet, et même le front, une fois. Pendant qu'il battait, ses épaules remontaient au-dessus de ses oreilles.

Un détail gâta le plaisir de Jimmy : le solo de Dean dans « Stop ! in the Name of Love ». Les Commitmentettes étaient au point. Elles levaient la main droite chaque fois qu'elles criaient *Stop*. Puis elles effectuaient une rapide pirouette avant de poursuivre avec *In the name of love*. Mickah ne les quittait pas des yeux, et leur minutage et le sien étaient parfaits.

Le solo de Dean était bon. Vraiment bon. Mais c'était une nouveauté. Ce n'était pas celui qu'il jouait d'habitude.

Plus tard, Joey Les Lèvres expliqua ce qui n'allait pas.

– Les solos soul ont des angles. Ils s'intègrent dans le boum boum boum boum. Le solo fait partie de la chanson. Vous me suivez ?

– Non.

– À proprement parler, les solos soul ne sont pas du tout des solos.

– Ah, Seigneur, Joey...

– Chut... Il n'y a pas de coupures dans la soul. Si

ça ne s'intègre pas, ça ne sert à rien. La soul, c'est quelque chose de collectif. Comme dit Little Richard, *If it don't fit don't force it,* « Si ça ne rentre pas, ne force pas ». Vous comprenez maintenant ?

– Vaguement.

– Le solo de Dean n'avait pas d'angles. Il ne s'intégrait pas. Il partait en volutes. Il était extérieur au morceau... Il était extérieur à tout. C'était un vrai solo. La batterie de Washington DC ne comptait plus... C'est du jazz, mon frère. Voilà ce que fait le jazz. Il rend l'homme égoïste. Il se fiche alors pas mal de ses frères. Voilà l'effet du jazz sur Dean, conclut Joey Les Lèvres. Pauvre Dean !

Les Commitments terminèrent sur « It's a Man's Man's Man's World ». Mickah se tint en retrait. C'est James qui donnait le tempo sur ce morceau :

– *Doum... da da da da da...*

– *Doum... da da da da da...*

Deco chantait :

– *This is a ma-an's world...*

Les Commitmentettes secouèrent la tête.

– *Doum... da da da da da...*

– *Doum... da da da da da...*

– *This is a ma-an's world...*

Les filles secouèrent la tête. Une partie du public masculin les applaudit.

– *But it wouldn't be nothing...*
Nothin'...
Withou'... a woman or a girl...

Les Commitmentettes hochèrent la tête. Elles se tournèrent pour regarder Deco. Il leur faisait face.

– *You know...*
Man made the car...
That takes us onto the ro-o-ad...
Man made the trai-ai-ain...
To carry the heavy load...

– *Doum... da da da da da...*
Doum... da da da da da...

Les Commitmentettes tournèrent le dos à Deco. Il les implora.

– *Man made the electric ligh'...*

Les filles le regardèrent par-dessus leur épaule.

– *To take us ou' o' the da-a-ark...*
Man made the boat fort the water...
Like Noah made the a-ark...

Outspan jouait de sa guitare comme d'une harpe.

– *Cause it's a man's... man's...*
Man's world...
But it wouldn't be nothin'...
Nothin'...
Withou' a woman or a girl...

Les filles se balancèrent en hochant la tête. Mickah se balança en hochant la tête.

– *You see...*

Deco s'adressait toujours aux filles.

– *Man drives the buses...*
To bring us roun' an' abou-ou'...
An' man works in Guinnesses...
To give us the pints o' stou-out...

Applaudissements dans la salle. Deco leva les mains. Les applaudissements cessèrent.

– *An' man...*
Man has all the important jobs...
Like he collects all the taxes...
But woman...
Woman only works up in Cadbury's...
Puttin' chocolates into boxes...
So...
So...
So...
It's a man's... man's world...
But it would be nothin'...

Nothin'...
Fuck all...
Withou' a woman or a girl [1]...

Cette fois-ci, le public n'en finissait pas de crier et d'applaudir. « It's a Man's Man's Man's World » était terminé.

Les Commitments débarrassaient la scène après l'heure de la fermeture.

– « Man's World » est un morceau d'enfer, non ? lança Derek.

– Carrément génial.

Deco ôta la bouteille de sa bouche.

– Ouais, dit-il. Je pense à le reprendre pour Screen Test. Celui-là ou « When a Man Loves a Woman ». C'est mes préférés.

Outspan lâcha tout ce qu'il tenait.

– Pas question de passer à Screen Test ! Des clous !

– Ouais, approuva Derek.

– Je le sais, répliqua Deco. Vous m'avez pas écouté.

Il but une gorgée à sa bouteille.

– Je vous l'ai pas dit ?... Je croyais... Non, moi, je

---

1. « C'est un monde d'hommes/Oui, c'est un monde d'hommes/mais il ne vaudrait rien/sans les femmes/Tu sais/l'homme a inventé la voiture/qui nous emporte sur la route/l'homme a inventé le train/pour transporter les marchandises/l'homme a inventé l'électricité/pour nous sortir de la nuit/l'homme a inventé le bateau pour la mer/comme Noé a créé son arche/parce que c'est un monde d'hommes/oui, d'hommes/mais il ne vaudrait rien/sans les femmes/tu vois/l'homme conduit les autobus/pour nous emmener ici et là/et l'homme travaille chez Guinness/pour nous donner les pintes de bière/Et l'homme a tous les boulots importants/par exemple, il collecte les impôts/mais la femme/la femme, elle, travaille seulement chez Cadbury's/à ranger des chocolats dans des boîtes/Oui,/oui,/oui,/c'est un monde d'hommes, oui, d'hommes/mais il ne vaudrait rien/rien du tout/sans les femmes » *(NdT).*

passe à Screen Test. Tout seul. J'ai demandé à ma mère de voter pour moi.

– JIMMY ! VIENS ICI ! vociféra Derek.

Puis il regarda Deco fixement.

Jimmy était dehors, dans l'allée, en train de remercier Hot Press d'être venu. Il entendit les hurlements.

– Merde ! Il vaut mieux que je rentre... On te reverra peut-être la semaine prochaine ?

– D'accord, ouais.

– Vois si tu peux amener ton pote, d'accord ? Je lui paierai une bière.

– Promis.

Jimmy rentra au trot. Il avait de bonnes nouvelles.

Il les oublia en embrassant la situation : les Commitments qui se tenaient loin les uns des autres, Deco au milieu.

– Qu'est-ce qui se passe encore ?

– Dis-lui, ordonna Derek.

Deco mit Jimmy au courant.

– Tu sais que t'es grave ! s'exclama Jimmy.

– Ben quoi ?

– T'es sérieux ?

– Ouais... Je suis sérieux.

– Qu'est-ce que c'est, Screen Test ? demanda Joey Les Lèvres.

Outspan le lui expliqua.

– Une émission naze sur RTE. Un genre de télé-crochet.

– C'est la merde, Joey ! s'écria Derek.

– Ça me paraît antipathique, confirma Joey Les Lèvres.

– Pourquoi tu nous l'as pas dit ? demanda Jimmy à Deco.

– Si, je vous l'ai dit.

Personne ne prit sa défense.

– Je me rappelle l'avoir dit à certains... À toi, James, je l'ai dit.
– Non.
– Je dois te l'avoir dit... Je comptais le faire.
Mickah émergea des chiottes.
– Désolé de cette histoire, reprit Deco. Ouais... de toute façon, c'est ma mère qui a écrit à ma place.
Deco se décida à aller jusqu'au bout.
– J'ai aussi posé ma canditature pour chanter au concours de l'Eurovision.
– Oh ! bon... Dieu !
– Je ne te crois pas, fit Derek.
Les Commitmentettes commençaient à glousser.
– Bon..., expliqua Deco. Mettons que... il faut que je pense à ma carrière.
Mickah éclata de rire. Deco ne savait pas si c'était du lard ou du cochon.
James se bidonna à son tour.
– Merde, t'as aucune loyauté, vieux ? s'indigna Jimmy. Tu fais partie d'un groupe.
– Une chanson pour l'Europe ! s'exclama Outspan. Nom de Dieu ! Je peux pas le croire !
Imelda brama :
– *All kinds...*
Of everything...
Reminds me... of... you[1].
– Ah, lâche-moi, gronda Deco. Écoutez... Le groupe ne durera pas éternellement.
– Pas avec toi.
– Écoutez... Vous voulez bien être réalistes ?... Je sais chanter, non ?
– Ce n'est pas ça, la soul, frère, objecta Joey Les Lèvres à Deco.

1. « Toutes sortes/de choses/me font penser à toi » *(NdT)*.

– Fous-moi la paix, toi, répliqua Deco, tu me gonfles !

À ce moment-là, Mickah flanqua un coup de boule à Deco, en plein sur le nez. Il n'était pas cassé, mais du sang et de la morve en jaillirent avec violence.

Outspan obligea Deco à tenir la tête en arrière. Natalie endigua le flot avec deux mouchoirs en papier.

– Ça non plus, ce n'est pas la soul, frère, dit Joey Les Lèvres à Mickah.

– Probablement pas, renchérit James.

– Il n'aurait pas dû te parler comme ça... Excuse-moi. Ça te va ?

– Dis-le à frère Deco.

– Je le ferai à ma...

– Dis-le-lui.

– Excuse-moi.

– OK, dit Deco. Te bile pas pour ça.

Le saignement de son nez était enrayé.

La bonne nouvelle revint à la mémoire de Jimmy.

– Il y aura peut-être un type A & R qui viendra nous voir la semaine prochaine.

– Envoyé par le Seigneur, commenta Joey Les Lèvres.

Il tendit ses paumes tournées vers le ciel. Jimmy les tapa avec ses mains. Puis Joey Les Lèvres tapa à son tour sur celles de Jimmy.

– C'est quoi, un type A & R ? demanda Dean.

– A & R, je sais pas. Mais c'est des dénicheurs de talents pour les maisons de disques. Ils voient des groupes et les prennent sous contrat.

Les Commitments poussèrent des cris de joie, sourirent, éclatèrent de rire, échangèrent des bourrades. Ils étaient tous très heureux, même Deco.

– A & R signifie Artistes et Répertoire, autrement

dit c'est un directeur artistique, leur apprit Joey Les Lèvres.

– C'est ce que je pensais, dit Mickah.

– Quel label ?

– Un petit label, répondit Jimmy.

– Aaaah ! s'écria Imelda. Un petit label... Comme c'est charmant !

Ils s'esclaffèrent.

– Indépendant, précisa Jimmy.

– Bien, dit Dean.

– Il s'appelle comment ?

– Eejit Records [1]... Ils sont irlandais.

Le nom leur plut.

– Faut vraiment qu'ils soient complètement idiots pour vouloir de nous !

– Ils viennent seulement nous voir, leur rappela Jimmy.

– T'en fais pas, Jim, intervint Outspan. On les présentera à Mickah.

– Bonne idée, approuva Mickah. Merde, ils nous signeront, c'est sûr !

– N'oubliez pas votre rouge à lèvres la semaine prochaine, les filles, lança Jimmy.

– On t'emmerde, riposta Natalie.

Jimmy espérait que la bonne nouvelle maintiendrait les Commitments sur les rails. Mais il se faisait du souci. Il en perdait le sommeil. Avoir des problèmes avec un seul d'entre eux c'était déjà pas évident, mais voilà que Dean et Deco avaient tous les deux la tête enflée. Et James, qui se tracassait pour ses examens, et Mickah qui était frappadingue...

---

1. *Eejit :* idiot *(NdT).*

Il n'organisa pas de répétition pour le week-end : James aurait du temps pour étudier, et comme ils ne se verraient pas, ils ne pourraient pas se taper dessus d'ici le mercredi.

Le vendredi, Jimmy passa chez Dean. Il voulait discuter avec lui et peut-être même le surprendre en train d'écouter du jazz.

Dean regardait un jeu télévisé, « Blankety Blank ».

Ils montèrent dans la chambre de Dean. Jimmy inspecta les murs à la recherche de posters compromettants. Rien : juste une vieille affiche du Manchester United (avec Steve Coppell et Jimmy Greenhoff) et une autre de Bruce Springsteen à Slane. Mais peut-être les murs de Dean avaient-ils du retard sur Dean...

– T'es venu en bus ? demanda Dean à Jimmy.

– Je ne suis pas encore rentré chez moi, expliqua Jimmy. Je suis allé boire quelques bières avec des copains chômeurs... Au Bruxelles... Tu connais ?

– Ouais.

– C'est pas mal... Il y a des filles canon.

– Ouais.

– Euh !... Je me disais qu'on pourrait parler du groupe, tous les deux.

– À quel sujet ?

– Qu'est-ce t'en penses ?

– Il est OK.

– OK ?

– Ouais, OK... Pourquoi ?

– En quel sens il est OK ?

– Bon Dieu, Jimmy, je sais pas... J'aime bien... les potes, tu sais, Derek, Outspan et James. Et Washington DC. Et puis Joey m'a beaucoup appris, tu sais... J'aime bien les filles. Elles sont plus craquantes que la plupart des meufs que je connais... On se marre bien.

– Et la musique ?

– Elle est OK, répondit Dean. On rigole bien, tu sais... La musique est bonne.

– Mais ?

– Ah, de Dieu, Jimmy. Je veux pas avoir l'air snob mais... merde, ça casse rien, hein ?... Juste paf paf paf ! et cette espèce d'imbécile de Cuffe, qui braille, gémit... et roucoule.

– Oublie Cuffe... Qu'est-ce qui ne va pas ?

Jimmy avait pris un ton peiné.

– Rien.

Dean était content de la tournure de la conversation, même s'il était mal à son aise.

– Comprends-moi bien, Jimmy... C'est trop facile. Ça ne me stimule pas... Tu comprends ce que je veux dire ? Heu ! ça a été super un moment, pendant que j'apprenais à jouer. Mais c'est limité, tu comprends ?... On se marre bien, mais c'est pas de l'art.

– De l'art !

– Euh... ouais.

– T'as écouté quelqu'un d'autre, non ?

– Non.

– Mon cul ! Tu regardes cette merde de Channel 4 !

– Toujours des critiques ! Parle pour toi...

– De l'art ! répéta Jimmy. (Au lycée, il avait pris une option art parce qu'il ne restait plus de place en chaudronnerie et qu'il n'était pas possible de s'inscrire en économie domestique. Voilà ce qu'était l'art pour lui.) À d'autres, Dean, s'il te plaît...

– Écoute, Jimmy. J'en ai bavé un max pour essayer d'apprendre à jouer du saxo. J'ai failli abandonner après chaque répétition. Aujourd'hui, je sais en jouer. Et je ne vais pas m'arrêter là. Je veux m'améliorer... C'est de l'art, Jimmy. Je m'exprime avec mon sax au lieu d'un pinceau, si tu préfères. C'est pour ça que je m'intéresse au jazz. Il n'y a pas de règles, il n'y a pas de murs, c'est ton copain de l'*Observer* qui l'a dit.

– Je le savais ! L'*Observer,* merde, je le savais !

– Ferme-la une minute. Laisse-moi finir.

Dean avait rougi. Il avait laissé échapper cette allusion à l'*Observer.* Il espérait que Jimmy ne le répéterait pas aux autres membres du groupe.

– C'est la différence entre le jazz et la soul. Il y a trop de règles dans la soul... On est face à des murs.

– Joey appelle ça des angles.

– C'est ça, acquiesça Dean. Complètement... Quatre angles, et retour à la case départ. Tu me suis ?

– Ouais... Tu vas partir ?

– Des Commitments ?

– Ouais.

– Non, bon Dieu ! Non.

Jimmy était content de la manière dont Dean lui avait répondu.

– Pourquoi ?

– On se marre bien. C'est sympa. Le jazz, c'est à mes heures perdues. Pas de lézard ?

– Aucun.

– La soul, c'est super, Jimmy. On se la donne. Simplement, l'artiste en moi aime se manifester de temps en temps, tu vois...

– Ouais, d'accord. Je comprends ce que tu veux dire. Je ressens la même chose vis-à-vis de la peinture.

– Tu peins, Jimmy ?

– Oui, avec mes couilles.

Dean était heureux à présent. Il continua donc à parler pour faire plaisir à Jimmy.

– Non, j'ai pas envie de quitter les Commitments.

On rigole bien. Les gars sont des pointures... Toi aussi, tu fais du bon boulot. Et puis... garde ça pour toi.

– Ouais...

– Je suis un peu amoureux d'Imelda, tu sais...

– Mais tout le monde flashe sur elle, Dean.

– Elle est super, non ?

– Oh ! ça oui... Un super-canon... Et qu'est-ce tu penses des théories de Joey sur la soul qui est la musique du peuple et tout le reste ?

– Te gourre pas. Joey est super aussi.

– Mais c'est un chieur, non ?

– C'est un peu vrai, maintenant que tu le dis...

– Frère Dean, mets la pédale douce sur les solos, d'accord ?

– OK.

À présent que Jimmy y songeait, c'était peut-être Imelda qui assurait la cohésion du groupe. Derek en était amoureux, Outspan en était amoureux, Deco en était amoureux, Jimmy était certain que James en était amoureux et Dean aussi en était amoureux. Même lui, Jimmy, en était amoureux.

Imelda était soul.

Il n'y eut pas de chronique dans *Hot Press*. Déception. Mais ils étaient annoncés dans le *Rhythm Guide* :

Rock en concert...
Ce qui se passe ce mois-ci dans les pubs :
Mercredi.
Carlow (Octopussys) : Les Plumbers.
Cork (Sir Henrys) : Asthmatic Hobbit Goes Boing.
Dublin (Baggot) : Les Four Samurai.

Dublin (Ivy Rooms) : Autumn's Drizzle.
Dublin (Miami Vice) : Les Commitments.

Jimmy découpa l'article et le colla sur son mur.

Les Commitments au complet débarquèrent le mercredi. Tous prêtèrent main-forte pour le matériel. Tous paraissaient en forme. Le pif de Deco était redevenu normal.

– Il est déjà là ? s'enquit James.

Il était planté derrière Jimmy, qui tenait la caisse, assis à une table, à l'entrée.

– Qui ça ?

– Le gars d'Eejit.

– Pas encore. À mon avis, il passera.

– Je l'espère bien, bwana Jimmy, dit James. Il faudra que je me tire juste après, d'accord ? J'ai encore un oral demain après-midi.

– Entendu. Compte sur nous.

Hot Press arriva, avec un acolyte.

– Le voilà, dit Jimmy à James. Préviens les autres.

– Youpi ! s'écria James.

– Ça va, les gars ? lança Jimmy.

– Salut la compagnie, répondit Hot Press. Ma chronique paraîtra dans le prochain numéro : nous n'avions plus de place. Une grosse pub, tu comprends...

– Pas de problème, acquiesça Jimmy.

– Voici Dave, dont je t'ai parlé la semaine dernière, tu te rappelles ?

– Ah, ouais ! dit Jimmy. Salut, Dave... Jimmy... Rabbitte.

Il serra la main de Dave.

– Salut Jimmy, dit Dave. Maurice me dit que tes copains sont bons, c'est vrai, ça ?

– Et comment ! Ils se débrouillent... Montez sur scène, les gars. Je vous rejoins dans une minute. Je vais juste dépouiller quelques clients de plus.

Jimmy tremblait.

Ils démarrèrent par « Knock on Wood ». Mickah était applaudi à chaque fois qu'il donnait un coup de boule à sa caisse claire. Ensuite, ils jouèrent « I Thank You ». Puis « Chain Gang » et « Reach Out I'll Be There ». Ils ralentirent le rythme avec « Tracks of my Tears ». Après vint « What Becomes of the Broken Hearted ». Enfin, les Commitmentettes enchaînèrent avec « Walking in the Rain », « Stoned Love » et « Stop ! in the Name of Love ».

Dès que le public comprit que les Commitmentettes avaient terminé, il se mit à réclamer « Night Train ».

Il l'obtint quatre morceaux plus tard.

– « All Aboard », cria Deco. « The Nigh' Train ».

Il y eut de la bousculade. Quelqu'un tomba mais se releva vite fait. Rien de cassé. Les gens se balançaient et dansaient le bop pendant que Deco battait le rappel des grandes villes américaines.

Le public attendait et se préparait.

– *An' don't forget New Orleans the home of the blues...*
Oh Yeah...
We 're comin' home...

Tout ce que les Commitments apercevaient désormais derrière les premières rangées, c'étaient des mains en l'air en train d'applaudir et quelques filles sur le dos de leurs petits amis. Outspan grimaçait. Derek riait. C'était géant.

– *The nigh' train...*
Carries me home...
The nigh' train...
Carries me home...
Sure enough it does...

Jimmy regarda Dave d'Eejit Records. Il souriait.

Deco et les filles haletaient tandis que les Commitments ramenaient le train en prévision de la dernière ligne droite.

Deco se détacha des filles.

Il éructa :

– *Startin' off in Connolly...*

Cris, vociférations, sifflements.

– *Movin' on ou' to Killester...*

Tout le monde sautait en mesure, y compris Dave d'Eejit Records. Et Jimmy.

– *Harmonstown Raheny...*
An' don't forget Kilbarrack... The home o' the blues...
Howth Junction Bayside...
Goin' home...
Then on ou' to Sutton where the snobby bastards live...
Oh yeah...
Oh yeah...

Le public chantait avec Deco.

– *Nigh' train...*
Comin' home from the boozer...
Nigh' train...
Comin' home from the commitments...
Nigh' train...
Gettin' sick on the bloke beside you...
Nigh' train...
But it doesn't matter cause he's asleep...
Nigh' train...
Carries me home...
Nigh' train...
Carries me home...
Nigh' train...
To me gaff...
Nigh' train...
Carries me home...

Oh yeah...
Oh yeah[1]*...*

Les Commitments reprirent le morceau d'un bout à l'autre. Il ne restait plus de temps pour un rappel, mais ça n'avait pas d'importance.

Le groupe était satisfait de lui-même.

– Vous êtes des pros, frères et sœurs, dit Joey... Vous suez la soul !

– C'est gentil, ça, Joey. Toi aussi tu sues la soul !

Dave d'Eejit Records vint sur scène.

– Bonne prestation, dit Dave.

– Merci, vieux, répondit Mickah.

– Très visuelle, ajouta Dave.

– Mais le son n'était pas mauvais non plus, hein ? répliqua Mickah.

– Le son était excellent, acquiesça Dave. Mesdemoiselles, magnifique ! Renversant !

– Merci beaucoup, dit Natalie.

– Ouais, renchérit Bernie, merci.

– Vous voyez, commenta Natalie, nous sommes magnifiques.

– Ren-ver-san-tes ! ajouta Imelda.

Dave alla trouver Jimmy.

– Est-ce qu'on peut parler, euh... ?

– Jimmy.

– Jimmy, d'accord. Est-ce qu'on peut parler ? Ici ? Ouais ?

Ils se réfugièrent dans un coin. Hot Press les suivit.

– Alors, Dave, t'as aimé ? demanda Jimmy.

---

1. « ... Puis on passe à Sutton où habitent les snobs/Ah, ouais ! Ah, ouais !/Train de nuit/On rentre du troquet à la maison/Train de nuit/on revient des Commitments/Train de nuit/on gerbe sur le type d'à côté/Train de nuit/mais ça n'a pas d'importance/parce qu'il dort/Le train de nuit/me ramène à la maison/Le train de nuit/me ramène à la maison/Le train de nuit/à ma piaule/Le train de nuit/me ramène à la maison/Ah, ouais ! Ah, ouais ! » *(NdT).*

– Génial, super... Génial.
– Ils sont plutôt bons, non ? Tu trouves pas, Dave ? reprit Jimmy. Ils ont besoin d'être un peu policés, peut-être...
– Non, non, protesta Dave. Ça gâcherait tout. Laisse-les comme ils sont. Avec leur fraîcheur, tu sais...
– Je suis d'accord avec tout ce que tu dis. C'est toi, l'expert.
– Le vétéran. Le trompettiste, ouais ? C'est une super-idée.
– Lui, c'est Joey Les Lèvres Fagan.
– Ouais.
– Il a joué avec James Brown.
– Ouais !
– Entre autres...
– Les demoiselles aussi... Très visuelles.
Jimmy faillit éclater de rire. Il se cacha derrière son verre. Puis il posa une question à Dave.
– Vous seriez intéressés par le groupe, Dave ?
– Ouais, exact. Absolument.
Jimmy plaqua le verre contre sa poitrine. Il était certain de faire du bruit s'il le posait sur la table.
Dave poursuivit :
– Nous ne sortons que des deux-titres. Pour le moment. Nous sommes petits, et heureux de l'être. Et ouais ! Nous ne faisons pas ça pour l'amour du gain, ouais ! T'as écouté le 45 tours des Reality Margins ? « Trigger Married Silver » et « Now They're Making Ponies » ? De la *Fanning Session* ?
Jimmy mentit.
– Ouais... Dément.
– Un produit Eejit Records... Mais les radios ne l'ont pas passé. Ça leur faisait peur, tu sais... Nous signons des groupes pour un 45 tours, ouais ? Pas de cachet, désolé. Nous payons le studio pourvu

qu'il n'y ait pas plus d'une journée d'enregistrement, et aussi le producteur. Nous habillons le produit. Une bonne pochette photo. T'as vu le logo ?

– Ouais, répondit Jimmy.

Cette fois-ci, il ne mentait pas.

– C'est bien... Très joli.

Hot Press prit la parole :

– Dave a créé Eejit Records comme un tremplin pour les jeunes groupes. Un disque chez Eejit doit leur servir de marchepied. L'idée, c'est que les grandes maisons de disques l'écoutent et, si ça leur plaît, signent les artistes. Notre 45 tours doit vous aider à décrocher un véritable contrat. Il vous permet de vous faire connaître.

– C'est exact, acquiesça Dave.

– Ça me paraît équitable, déclara Jimmy. Ce serait génial. Ça a marché jusqu'ici ?

– Oui et non, bof ! répondit Dave. Les Reality Margins sont en avance sur leur époque.

Hot Press ricana.

Dave s'expliqua.

– Mon petit frère est le percussionniste des Reality Margins, ouais ! Mais tu connais les Baby Docs ?

– Ouais... « Bitin' the Pillow... » Ouais, c'est pas mal, ça.

– CBS et Rough Trade leur tournent autour, ajouta Dave.

– C'est bon signe, dit Jimmy. J'espère que ça se concrétise pour eux, maintenant.

– Alors, Jimmy, reprit Dave. Dis-moi... Est-ce que ça intéresserait les Commitments d'enregistrer « Night Train » pour nous ?

– Je dirais que ça peut les intéresser, ouais, répondit Jimmy. (Et intérieurement, il ajouta : « Et comment ! »)

– Tu n'en es pas sûr ?

– Nous sommes un groupe démocratique, Dave, répondit Jimmy. La soul, c'est la démocratie.

– D'accord, acquiesça Dave. On pourrait mettre ça sur la pochette.

– Bonne idée !

– Je vois un double face A, reprit Dave. Face A, « Night Train » en studio. Et sur l'autre face, « Night Train » en concert.

– Ça m'excite, dit Hot Press.

– Je marche, renchérit Jimmy.

– Ça plaira aux radios, poursuivit Dave. Ça se vendra. Ça grimpera dans les charts, ouais ! C'est de la bonne musique de racines, non polluée, tu vois... Authentique... Et très, très gaie.

Jimmy ravala ses gloussements avec le reste de sa bière.

– Est-ce qu'on devra te payer quelque chose, Dave ?

– Non, répondit Dave. C'est cool... Nous sommes subventionnés par le ministère du Travail, ouais ! L'emploi des jeunes, ouais ! C'est eux qui me payent. Tous les bénéfices sont réinvestis dans Eejit Records.

– Pas possible ! s'écria Jimmy. Mais c'est génial !

– Je crois que je suis qu'un hippie, tu sais, dit Dave. Et puis mes parents sont riches... Les Commitments sont au chômdu ?

– Certains, oui.

– C'est bien, approuva Dave. Le ministère appréciera.

Hot Press se mit à rire.

– Il faudra qu'on signe quelque chose, non ? demanda Jimmy.

– Exact, ouais. Un contrat simple, pour un seul disque, ouais !

– Quand tu veux.

– Parfait.

– T'en as pas un sur toi, des fois ?
– Demain.
– OK, d'accord... Je vais voir si je peux décider le groupe. Est-ce qu'on devra voir quelqu'un ?
– Non.
– Personne d'Eejit Records ?
– Eejit Records, c'est moi.
Hot Press se remit à rire.
– Rien que toi ?
– Rien que moi, confirma Dave.
Il fit mine de taper à la machine.
– Je suis même la secrétaire, ouais !
– Chapeau, Dave ! s'exclama Jimmy.
Jimmy les raccompagna jusqu'à la porte. Ils se dirent au revoir et convinrent de se retrouver le lendemain soir au Bailey.
Jimmy inspira plusieurs fois à fond.
C'était parfait. Les Commitments ne seraient pas liés à un minable petit label géré par des hippies. Un premier 45 tours – « Night Train » serait un gros succès à Dublin – et les huiles du showbiz feraient la queue pour récupérer les Commitments, thune à l'appui. Jimmy se demanda s'ils devaient attendre un peu avant de quitter leur emploi.
Jimmy inspira encore un bon coup, tapa dans ses mains, se les frotta, puis rentra pour prévenir les Commitments.
Mais les Commitments n'existaient plus. Pendant le quart d'heure où Jimmy parlementait avec Dave d'Eejit Records, les Commitments avaient éclaté.
Outspan et Derek étaient les seuls encore sur scène. Les autres s'étaient tirés.
Jimmy s'adossa au mur.
– Qu'est-ce qu'il y a encore ?
– Ils se sont tous cassés, répondit Outspan.
Il expliqua comment les choses s'étaient passées.

– Pourquoi ?

– J'en sais rien ! s'exclama Outspan. C'était fini avant que je pige quoi que ce soit... Tu le sais, toi, Derek ?

– Je crois que c'est quand Deco a vu Joey embrasser Imelda.

– Imelda ?

– Ouais.

– Et Bernie ?

– Elle avait l'air de s'en foutre.

– Sans déconner ! s'écria Jimmy. Ils s'embrassaient pour de bon ?

– Ah, ouais, dit Derek. Et ils s'en privaient pas... Juste à l'endroit où tu es.

– Moi, j'étais aux premières loges, renchérit Outspan. (Il secoua la tête.) J'ai failli gerber mon trou de balle !

– Alors Deco a dit qu'il en avait ras le bol, poursuivit Derek, et il a arraché Joey des bras d'Imelda, tu me suis ? Il a traité Imelda d'allumeuse. Et ça ne m'allait pas parce que c'est pas vrai. Je suis donc allé lui filer un coup de tatane, tu vois ? Mais, à ce moment-là, Deco a attaqué Joey. Je pense qu'il craquait pour Imelda, tu le savais ?... Il a cogné Joey et il lui a fait mal. Mickah a sauté sur Deco. Il lui a flanqué quelques beignes et Deco s'est sauvé en disant que les Commitments pouvaient aller se faire foutre et Mickah lui a couru après.

– Pourquoi j'ai rien vu ? demanda Jimmy.

– Ça s'est passé très vite, répondit Outspan. Moi non plus j'ai rien vu et pourtant j'étais là. Mais oui...

– Où est James ?

– Il devait partir, tu te rappelles ?

– Juste... Et Dean ?

– Dean l'a très mal pris, Jim, dit Derek.

– J'ai entendu la scène, déclara Outspan. Il...

écoutez-moi ça... Il a dit qu'il serait bien con d'aller perdre son temps à jammer... jammer !... jammer avec une bande de branleurs qui savaient même pas jouer correctement de leurs instruments... Ça m'a pas plu... Je lui ai flanqué une baffe et il s'est tiré. Je crois qu'il pleurait... Une fontaine !

– Fantastique, quoi ! fit Jimmy.

– Et tu sais ? reprit Derek. À mon avis, Dean aussi est amoureux d'Imelda. C'est vraiment excellent, quand on y pense.

– Du délire, commenta Jimmy. Où est passé Joey ?

– Il est allé à l'hôpital. Il pense qu'il a le nez cassé. Les filles l'ont accompagné mais je crois pas qu'il était ravi. Il essayait de les semer. Elles ont dû lui courir derrière.

Jimmy s'assit sur le bord de la scène.

– C'est drôle, continua Derek. Je crois que Joey était le seul qu'était pas amoureux d'Imelda, et il est le seul à être sorti avec elle. Vraiment excellent, non ?

Jimmy ne dit rien pendant un moment. Il fixait le plancher. Outspan et Derek comprirent qu'il réfléchissait, méditait la situation.

Enfin, il prit la parole :

– Allez, cassez-vous, tous !

– Mais nous on n'a rien fait ! protesta Outspan.

– Cassez-vous, répéta Jimmy, avec calme. Bande de tarés !

Le barman en chef sortit de l'arrière-salle.

– Vous êtes encore là, vous ? brailla-t-il.

– On se tire, vieux, riposta Outspan.

– Cassez-vous, répéta encore Jimmy à l'adresse du plancher. Juste une...

Il se passa la main sur le genou.

– Cassez-vous !

– Allez, ordonna le barman en chef.

– Attends une seconde, dit Derek.

Il se pencha vers Jimmy.

– Je suis désolé, Jimmy.

Il posa sa main sur l'épaule de Jimmy.

– Enfin... c'était bien le temps que ça a duré, non ?

– Ah, lâche-moi ! s'écria Jimmy.

Ce genre de discours lui donnait le bourdon.

Jimmy téléphona à Joey Les Lèvres environ une semaine après que le groupe se fut séparé.

Il n'avait pas cherché à les réunir. Il n'en avait pas eu envie. Ils étaient vraiment nuls. Il avait regardé la télé toute la semaine. C'était pas trop méchant. Vendredi, il était sorti boire quelques bières avec ses potes de la boutique. Voilà ce qu'avait été sa semaine.

Il n'était pas passé au Bailey pour voir Dave d'Eejit Records.

Il n'avait pas écouté de soul non plus.

Maintenant, une semaine après, il pensait que le plus dur était passé. Il en avait presque pleuré dans son lit, ce soir-là. Il aurait bien aimé voir ce 45 tours des Commitments, avec eux sur la pochette, et peut-être un clip pour Anything Goes. Mais il avait déjà retrouvé la pêche. C'étaient des glandeurs. Dave d'Eejit Records aussi. Jimmy avait autre chose à faire dans la vie.

Mais il téléphonait à Joey Les Lèvres, juste pour lui dire à bientôt et lui souhaiter bonne chance, parce que Joey Les Lèvres n'était pas comme les autres. Joey, lui, était différent. Il leur avait appris à tous une chose ou deux.

C'est Joey qui répondit.

– Maison Fagan.

– Joey ?... Ça va ? C'est Jimmy.

– Jimmy ! Mon chef. Comment vas-tu ?

– Super. Et ton nez ?

– Il est toujours à la même place.

– C'est vraiment débile ce qu'a fait Deco.

– N'y pense plus, n'y pense plus... Quand je sortais de l'hôpital, frère Declan y entrait.

– Comment ?

– Sur une civière.

– Pas possible !... Comique. Je ne l'ai pas revu depuis. J'avais même oublié qu'il travaille là où je travaille.

– As-tu revu les autres frères et sœurs ?

– Que dalle. Aucune envie.

– Hum !... Dommage...

– Tu vas faire quoi, maintenant ?

– L'Amérique m'appelle, mon frère. J'y retourne. La soul n'est pas faite pour l'Irlande. Moi non plus. Je retourne à la soul.

– Quand ?

– Après-demain. Joe Tex m'a appelé. Tu as écouté Joe Tex ?

– Je connais son nom... Attends. Il a eu un tube là-bas. « Ain't Gonna Bump No More with No Big Fat Woman ».

– Exact... Joe me demande de tourner de nouveau avec lui.

– Bravo... En tout cas, Joey, je te téléphone pour te remercier de tout, tu sais... Alors, merci.

– Oh, tu me fais rougir. Remercie le Seigneur, pas moi.

– Tu le remercies pour moi, d'accord ?

– Je n'y manquerai pas... Vas-tu continuer tes bons offices, Jimmy ?

– Jamais de la vie. Ça m'a servi de leçon.

– Attends une minute.

– OK.

Joey Les Lèvres revint en ligne.

– Ça va ? s'inquiéta Jimmy.

– Écoute ça... « Chantez à l'Éternel un cantique nouveau, car il a fait des choses merveilleuses... Vous, toute la terre, poussez des acclamations à l'Éternel ; éclatez en cris de joie et chantez !... » Psaume 98, frère Jimmy.

– Tu me gonfles, Joey. Bonne chance.

Jimmy était dans la cuisine, en train de remplir la bouilloire, quand un détail lui revint, quelque chose qu'il avait lu dans le temps. Joe Tex était mort en 1982.

Jimmy revit Imelda environ une semaine plus tard. Elle gardait le bébé de sa sœur. Jimmy fit des guili-guili au bébé, qui le fixait avec des yeux écarquillés.

– C'est un jeune homme ou une demoiselle ?

– Un jeune homme... Eddie. C'est un petit salaud, oui ! Il couine sans arrêt. Hein que t'es un petit salaud, Eddie ?

Eddie lâcha un rot.

– Et mal élevé, en plus... Alors, à quoi t'as occupé ton temps depuis ? demanda Imelda à Jimmy.

– À rien... Pas grand-chose.

– T'as revu les autres ?

– Non.

– Et Joey ?

– Et TOI, tu ne l'as pas revu ? riposta Jimmy. Il est retourné en Amérique.

– C'est vrai ? Quel salopard...

– Comment ?

– Il m'a même pas dit au revoir.

Jimmy avait décidé de ne parler de Joe Tex à personne.

– Il est reparti en tournée. Avec les Impressions, je crois qu'il m'a dit.

– C'est charmant, pour certaines... Tu sais quoi, Jimmy ? Ne le répète à personne.

Jimmy resta silencieux.

– Promets de ne rien dire.

– Je te le promets.

– Je crois que Joey est parti à cause de nous.

– Qu'est-ce tu veux dire ?

– À cause de moi, de Bernie et de Natalie.

– Parce que vous êtes toutes sorties avec lui, c'est ça ?

– Ouais, en quelque sorte... Il a eu peur de nous.

– Tu te rends compte ?... Je peux te poser une question, sans indiscrétion ? demanda Jimmy. Qu'est-ce qui vous a pris, à toutes, de sortir avec lui ?

– Oh, on rigolait, c'est tout. Mais on n'était pas amoureuses de lui. C'était juste pour s'amuser... C'est devenu une sorte de jeu entre nous. Voir si on pouvait toutes sortir avec lui.

– Heureux Joey, hein !

– Hein ?... Ah, ouais.

Elle eut un petit rire.

– Je crois qu'il l'était vraiment... Toutes les trois !

Elle se remit à rire.

– Mais j'ai peur d'être allée un peu loin.

– Comment ?

– Je lui ai dit que j'étais enceinte.

– Nom de Dieu ! Imelda !

Jimmy hurla de rire.

– T'as pas fait ça !

– Si, je l'ai fait, Jimmy... Mes ragnagnas étaient en retard.

Jimmy lutta pour ne pas rougir.

– De combien de temps ?
– De quelques jours, près d'une semaine.
– Ah, Seigneur ! Imelda !... Pauvre Joey.
Il en riait encore.
– Je ne pensais pas vraiment être enceinte. Je n'aurais pas dû faire ça. Je voulais juste voir ce qu'il ferait.
– Il s'est tiré en Amérique.
– Je sais, dit Imelda. Comme un merdeux.
Jimmy gloussa. Imelda l'imita.
– Il avait pas beaucoup de... volonté, tu vois ce que je veux dire ? commenta Imelda. Il était un peu clochard, notre Joey.
Ils se gondolèrent.
– Viens un peu ici..., reprit Imelda. Si tu montes un autre groupe, tu veux bien nous reprendre, dis ? On rigolait bien.
– Je ne monterai pas d'autre groupe, répondit Jimmy.
– Sonia, Tania et Sofia, cita Imelda. C'était carrément génial.

– D'accord, déclara Jimmy. Vous êtes d'accord ?
– Vas-y, Jimmy, dit Mickah.
Outspan et Derek étaient assis à côté de lui, sur le lit du bas.
– C'est les Byrds, d'accord ? annonça Jimmy. « I'll Feel a Whole Lot Better ».
Il abaissa le saphir et s'accroupit entre les enceintes.
Il y eut un léger grésillement (l'album était d'occasion), puis une guitare crépita. Ensuite, ils se retrouvèrent cernés de guitares stridentes. Ils n'avaient pas eu le temps de se préparer.
– *The reason why-y...*

Oh I can't stay-ay-ay...
I have to let you go babe...
And right away-ay-ay...
After all you did...
I can't stay o-o-on...
And I'll probably...

Deux chanteurs à la voix aiguë se joignirent au premier.

– *Feel a whole lot better...*
When you're gone...

Pour cette musique-là, les garçons ne se convulsaient pas sur le lit. Ils remuaient la poitrine et la tête d'avant en arrière. Ils ne marquaient pas seulement la mesure, mais tapaient bruyamment des pieds. Outspan grattait une guitare imaginaire.

– *Baby for a long time...*

Les autres Byrds répétèrent la phrase :

– *Baby for a long time...*

– *You had me belie-ie-ieve...*

Les autres :

– *You had me believe...*

– *That your love was all mi-i-i-ine...*

Les autres :

– *Your love was all mine...*

– *And that's the way it would be-e-ee...*

Les autres :

– *La...*
Aah...
Aah...
Aaaah...

Pendant les trente secondes de la chanson, les garçons auraient bien voulu être les Byrds. Ils avaient été déchirés par les guitares pétaradantes et les geignements virils de Gene Clark. C'était rude et mélodieux à la fois. Les guitares rivalisaient entre elles.

Ils n'avaient jamais rien entendu de meilleur. D'ailleurs, ils ne faisaient pas que l'entendre, ils étaient en plein dedans. Ça passait à travers eux. Une musique d'homme.

– *After what you di-i-id...*

Les autres Byrds :

– *After what you did...*

– *I can't stay o-o-on...*

Les autres :

– *I can't stay on...*

Tous les Byrds :

– *And I' ll probably...*
Feel a whole lot better...
When you're go-one...
Oh when you're go-one...
Oh when you're go-one...
Oh when you're go-one[1]...

Nouvelle cascade de guitares stridentes, et c'était fini.

Jimmy releva vite le saphir. Le morceau suivant, « The Bells of Rhymney », était un échantillon de merde hippie. Il n'avait aucune envie de le faire écouter à ses potes.

– Quelle claque ! déclara Outspan. Repasse-le-nous, Jimmy.

– Fabuleux, non ? fit Derek.

– Écoutez-moi ça, dit Mickah.
Baby for a long time...

---

1. « La raison pour laquelle/oh ! je ne peux pas rester/c'est que je dois te laisser partir, chérie/et tout de suite/après tout ce que tu m'as fait/Je ne peux pas rester/et je me sentirais sans doute/cent fois mieux/quand tu seras partie.../Chérie, pendant longtemps/tu m'as fait croire/que tu m'appartenais/et qu'il en serait toujours ainsi/Après ce que tu as fait/je ne peux pas rester/et je me sentirais sans doute/cent fois mieux/quand tu seras partie/Oh ! quand tu seras partie... » *(NdT).*

You had me belie-ie-ie-ieve...

– Mon Dieu, Mickah !... Chapeau.

– Eh, on a un chanteur ! dit Jimmy.

– Et toi, tu pourrais jouer de la batterie, suggéra Derek.

– Ouais, dit Outspan... Rien que nous quatre, quoi ! Pas d'emmerdeurs.

– C'est ce qu'on veut ? leur demanda Jimmy.

Oui, c'était bien ce qu'ils voulaient.

– Basse, guitare, batterie et Mickah..., énuméra Derek. Béton.

– Repasse-nous ton morceau, répéta Outspan.

– Attends, dit Jimmy. Tu pourrais jouer comme ça ?

– Sans problème, répondit Outspan.

– La basse, elle paraît plus facile que dans la soul, déclara Derek.

– On aura besoin de deux guitares.

– On va pas se casser le cul, objecta Outspan. Je jouerai des deux mains.

– Bonne idée.

– Et James ?

– On le reprendra quand il sera docteur, décida Mickah. Ses études passent en premier.

– Ça durera pas une éternité.

Jimmy reprit la parole :

– Il sera docteur à peu près au moment où on préparera notre troisième album. Et il nous faudra un son plus doux – d'accord ? – une nouvelle direction, en somme, après les deux premiers, qui seront du vrai country-punk. Le piano de James s'intégrera bien alors.

– C'est génial... Est-ce qu'on va lui dire ?

– Non. Gardons la surprise.

– Repasse-nous tes Byrds, supplia Outspan.

– Et les filles ? lança Derek.

– Quoi, les filles ?

– Est-ce qu'on les reprend ?

– Ah, ouais, dit Outspan... Les filles, elles sont solides.

– Je sais, le coupa Mickah. Elles pourraient se fringuer comme Dolly Parton. Tu sais, avec des fanfreluches aux coudes, ce genre de truc...

– Est-ce qu'on veut les filles ? demanda Jimmy.

Oui, ils les voulaient.

– Elles peuvent nous permettre de souffler, expliqua Derek. Elles peuvent toujours chanter quelques slows. Pour les vieux.

– Et pour les jeunes.

– Mais c'est tout, d'accord ? dit Jimmy. Pas de politique non plus, cette fois-ci... Au fait, vous savez, avant de partir, Joey m'a dit qu'il ne croyait pas que la soul était faite pour l'Irlande. Au contraire, cette musique-là, ça va dépoter. Il ne faut pas oublier que la moitié du pays est faite de paysans. C'est le genre de zique qu'ils écoutent tous... Sauf qu'ils l'écoutent pas à la bonne vitesse !

– Mais on va corriger ça, hein ! Repasse-nous ton morceau, Jimmy.

– Est-ce qu'on changera de noms ? s'enquit Derek.

– Ah, mon Dieu, non ! répondit Jimmy. Plus jamais cette merde. Là, c'est différent.

Outspan fut d'accord avec lui.

– Ça vous emmerderait, intervint Mickah, si, moi, je prenais un autre nom ?

– Lequel ?

– Tex.

Ils se marrèrent. Tex leur plaisait.

– Tex Wallace... Ça sonne bien, non ? dit Mickah.

Jimmy abaissait le saphir quand il pensa à une chose.

– Ah, ouais ! s'écria-t-il. Le groupe a pas de nom... Des idées ?

– Bon, dit Derek. Tu sais comment s'écrit le nom de tes Byrds, et que *bird* est un autre nom pour « fille », d'accord ? On ne pourrait pas s'appeler les Brassers [1] ?

C'était un beau nom.

– Le pays de Dublin..., réfléchit Jimmy. Merde, c'est parfait. Les Brassers... On est un groupe country dublinois.

– Un nom super, Derek, dit Outspan.

– Ah !... Ça m'est venu juste à l'esprit, tu sais...

Jimmy reposa le bras de lecture sur son support.

– Autre chose que j'ai oublié de vous dire... J'ai contacté votre héros, Dave, d'Eejit Records, vous vous rappelez ? Je lui ai demandé s'il serait intéressé par une version country-punk de « Nigh' Train », et il m'a répondu peut-être.

– Mais c'est géant ! s'exclama Derek.

– Attends, dit Mickah.

Startin' ou' in Mullingar...

Movin' on ou' to Kinnegad... Quelque chose dans ce goût-là ?

– C'est très bon, approuva Jimmy.

Ils se mirent à rire.

– C'est très bon, vraiment, renchérit Outspan. Ça me botte. Bravo !

Jimmy tenait son saphir prêt.

– D'accord, les gars, on se donne un mois et on va renaître...

Il abaissa le saphir.

– Béton, murmura Derek.

---

1. En anglais argotique, *brass* désigne le fric, la thune, mais aussi une prostituée, une fille des rues *(NdT)*.

Remerciements

When a Man Loves a Woman, paroles et musique de C. Lewis/A. Wright. © 1996 Pronto music Inc./Quinvy Music Publishing Company.

Knock on Wood, paroles et musique de Eddie Floyd/Steve Cropper. © 1996 East Publishers Inc. Toutes deux reproduites avec l'aimable autorisation de Warner Bros Music Limited et de PECF. Tous droits réservés. Copyright international.

Superbad, paroles et musique de James Brown. © 1970 Crited Music. *Get Up, I Feel Like Being a Sex Machine*, paroles et musique de James Brown/Bobby Byrd/Ronald L. Lenhoff. © 1970 Dynatone Publishing Co. *It's a Man's Man's Man's World*, paroles et musique de James Brown/Betty Mewsome. © 1966 Dynatone Publishing Co. Reproduites avec l'aimable autorisation de Intersong Music Limited et de PECF. Tous droits réservés. Copyright international.

Out of Sight, paroles et musique de James Brown. *Night Train*, paroles et musique de Washington/Simpkins/Forrest. Reproduites avec l'aimable autorisation de Carlin Music Corp. et de EMHA. Tous droits réservés. Copyright international.

Walking in the Rain, paroles et musique de Spector/Mann/Weil. © 1964 Screen Gems-EMI Music Inc. Éditée par Screen Gems-EMI Music Ltd. Reproduite avec autorisation. Tous droits réservés. Copyright international.

I'll Feel a Whole Lot Better, paroles et musique de Gene Clark. © 1965 Lakeview Music Publishing Limited. Tous droits réservés. Copyright international. Reproduite avec autorisation.

Reach Out I'll Be There, paroles de B. Holland, L. Dozier, E. Holland. *What Becomes of the Broken Hearted*, paroles de

Achevé d'imprimer par Elsnerdruck
à Berlin

Nº d'édition : 2832
Dépôt légal : septembre 1997
Imprimé en Allemagne